네르가시아 장편소설
FUSION FANTASTIC STORY

된 무왕 연대기

도시 무왕 연대기 12

네르가시아 장편소설

초판 1쇄 찍은 날 § 2016년 8월 17일
초판 1쇄 펴낸 날 § 2016년 8월 24일

지은이 § 네르가시아
펴낸이 § 서경석

편집책임 § 최지원

펴낸곳 § 도서출판 청어람
등록번호 § 제387-1999-000006호
등록일자 § 1999. 5. 31
어람번호 § 제1-2508호

주소 § 경기도 부천시 원미구 부일로 483번길 40 서경B/D 3F (우) 14640
전화 § 032-656-4452 팩스 § 032-656-4453
http://www.chungeoram.com
E-mail §chungeorambook@daum.net

ISBN 979-11-04-90938-2 04810
ISBN 979-11-04-90445-5 (세트)

네르가시아 장편소설

FUSION FANTASTIC STORY

도시 무방 연대기

도서출판 청어람

목차

1. 귀환

　조선 남부 부산포 앞, 짐꾼들의 하역 작업이 한창이다.

　천아성은 이곳에서 금번 행상을 마무리 짓고 배가 수리되는 기간인 한 달쯤 푹 쉬었다가 명화방으로 돌아갈 생각이다.

　한편, 아성과 함께 부산포로 온 조방철의 손녀 조성희는 아성과 함께 울산포까지 갈 것을 제안했다.

　울산으로 가는 길이 초행임을 감안한다면 조선 팔도 지리에 빠삭한 조성희의 동행은 쌍수를 들고 반길 일이었다.

　아성은 그녀의 제안을 받아들여 부산포에서부터 울산포까지 가는 여정을 시작하기로 했다.

부산포에서 건어물과 육포 등을 챙겨서 여행길에 오른 두 사람은 말을 타고 관도를 이용해 울산까지 갈 작정이다.

다그닥 다그닥!

영남 지방의 관도를 따라서 북쪽으로 올라가다 보면 채 3일도 지나지 않아 울산포가 그 모습을 드러낸다.

아성이 찾는 해북 상단과 마주하는 데 나흘이면 충분할 것이니 지금처럼 느긋하게 주변 경치를 구경하면서 가는 것도 그리 나쁜 선택은 아닐 것이다.

남부 해안에서 동부 해안으로 접어드는 길목이라 할 수 있는 울산으로 가는 행상이 꽤 많았는데, 아성과 성희의 주변에도 봇짐을 멘 장돌뱅이와 나귀들이 즐비해 있었다.

남부의 해산물과 해외의 교역품을 직접 떼어다 영동 지방과 관서 지방, 멀리는 관북까지 옮겨서 행상하는 사람들이었다.

복색은 아주 가볍고 당나귀 위에 얹은 봇짐은 꽤 묵직했다. 며칠 못 씻는 것은 일도 아니라는 듯 조금은 남루하다는 느낌도 들었다.

하지만 보부상들이 있기에 조선의 상권이 지금처럼 유지될 수 있는 것이며, 어렵사리 가게를 꾸려 나갈 수 있는 것이다.

"고즈넉하군요. 주변 환경도 아름답고요."

"이런 맛에 행상을 한다고들 하죠. 장돌뱅이들이 과연 어떻

게 그 먼 길을 걸어서 갈 수 있을까요? 그 모든 것이 조선 팔
도 금수강산 때문 아니겠어요? 특히나 동해를 따라서 이어지
는 절경이 예술이죠."

"그래요, 아주 예술의 절정이군요."

조선에서 태어나 자란 사람은 아니지만 아성은 이곳이 아
주 소중한 땅이라는 것을 알 수 있었다.

아마도 영남 지방의 인심과 특유의 호탕함은 이런 풍류 덕
분에 나올 수 있는 것이 아닌가 싶은 아성이다.

그렇게 얼마나 말을 몰았을까?

관도 중간에 몇 개의 주막이 운집해 있는 모습이 보인다.

"여기서 점심이나 해결하고 가시죠."

"그럴까요?"

마른 음식들이 있기는 하지만 따뜻한 음식으로 끼니를 때
울 수 있는데 그것을 마다할 리가 없는 장사꾼들이다.

성희가 세 번째 주막으로 들어가 마구간에 말을 맡긴 후에
평상에 자리를 잡았다.

"주모, 여기 국밥 두 그릇 줘요!"

"네네, 알겠습니다!"

주모가 국밥을 뚝딱 말아서 가지고 오는데, 쟁반에 수육 몇
점이 함께 올라가 있다.

"많이 드세요!"

"이런, 고기가 있으니 술을 한잔할 수밖에. 안 그래요?"

"후후, 역시 뭘 좀 아는 아가씨라니까."

아성은 장사꾼들이 마시고 있는 탁주를 가리키며 말했다.

"저 호리병에 든 술 두 병만 주십시오."

"어머나, 눈이 파란 것이 색목인 같은데 탁주를 마실 줄 알아요?"

"호남 지방에 가보니 홍어에 삭힌 김치를 같이 올려서 먹던데, 그 맛이 아주 기가 막혔죠. 호서 지방에선 도토리로 묵을 지어서 그것과 함께 마시고요."

"호호호, 조선에서 40년 넘게 산 나보다 더 잘 아네!"

"술맛은 주막이 최고라는 말이 있던데, 그게 정말 사실인지 한번 보고 싶군요."

"그래요, 한번 맛보세요!"

술을 워낙 좋아하는 아성인지라 이따금 한 번씩 조선에 행상을 올 때마다 각 지방의 특색 있는 술을 구해서 마시곤 했다.

그와 함께 곁들여 먹는 안주거리 역시 그의 가장 큰 관심사이며, 만약 주안상이 없었다면 일부러 조선에 머물면서 시간을 보내지는 않을 것이다.

잠시 후, 주모가 직접 빚어 내린 탁주가 상 위에 차려졌다.

"자, 여기요!"

"주모도 한잔해요."

"어머나, 그럼 그럴까요?"

젊은 남녀와 함께 평상에 앉은 주모는 아성이 따라주는 술을 아주 기분 좋게 마셨다.

꿀꺽꿀꺽!

"아하, 좋다!"

"장사가 잘되네요. 기분 좋으시겠어요."

"맞아요. 이제 슬슬 좋아지는 참이죠. 하지만 또 언제 왜구들이 상선과 어선을 약탈해서 장사꾼들의 주머니가 털털 털릴지 모르니 안심할 수 없어요."

"흐음, 그렇군요."

큐슈 지방 북쪽에 있는 작은 무인도에 상주하면서 일본 지역과 조선, 명의 상선들을 약탈하는 왜구들의 횡포는 어제오늘의 일이 아니었다.

수백 년 전부터 왜구와 해적들을 소탕하기 위한 군대가 조직되어 정벌이 이뤄지곤 했지만 워낙 생존력이 좋은 해적들이었다.

현 조정 역시 남부 삼도 수군을 동원하여 이따금 소탕령을 내리고 있었으나, 신출귀몰한 왜구와 해적들의 수완에는 당해낼 재간이 없었다.

그녀는 다시 미소를 지었다.

"그래도 관서에서 온 큰손들이 많으니 남해안 해적들이 설쳐도 그나마 먹고살 만해요. 그리고 지금처럼 바다 건너 이국에서 온 손님들도 있고요."

"후후, 그렇군요."

주모는 술을 한 잔 마신 후 자리에서 일어섰다.

"그럼 많이들 들어요. 필요한 것이 있으면 말씀하시고요."

"네, 고마워요."

성희는 아성에게 해적에 대한 얘기를 꺼내놓았다.

"그나마 요즘은 해적들이 줄어들었다고 하던데, 왜구들은 여전한 모양이군요."

"그런가요?"

"황해 뱃길을 따라오느라 잘 모르시겠지만, 남쪽으로 네 시간만 더 나가도 해적들이 꽤 많아요. 불과 50년 전만 해도 남쪽으로 배를 띄우기가 겁날 정도였다고 하니 말 다했죠."

"으음."

"아무튼 지금은 슬슬 좋아지려는 참이라니 동해안 상권도 꽤 주목할 필요가 있겠어요."

"그러게 말입니다."

아성은 주모가 덤으로 준 수육에 남은 술을 마저 들이켰다.

　　　　　*　　　　　*　　　　　*

　나흘 후, 두 사람은 울산포 시전에 닿았다.

　웅성웅성!

　역시나 사람으로 북적이는 시전에는 관서 지방에서 온 담배와 인삼 상인들이 현지 상인들과 가격을 흥정하느라 정신이 없었다.

　또한 대관령을 넘어 경기의 수공예품을 영남 지방으로 옮기는 상인들이 많이 오고 있었다.

　아성은 성희를 따라서 울산 시장통 뒷골목에 있는 해북 상단을 찾아갔다.

　그는 마치 기루처럼 빨간 등불을 이곳저곳에 달아놓은 해북 상단의 사옥을 바라보며 고개를 갸웃거렸다.

　"…여긴 홍등가가 아닙니까?"

　"아니에요. 해북 상단은 이렇게 새빨간 등불을 달아놓는 것으로 유명해요. 사람들은 전부 순백색 옷을 입고 다니죠. 그래서 '홍백 상단'이라는 별호가 붙었어요."

　"그렇군요."

　그녀는 해북 상단 사옥의 문을 두드렸다.

　쿵쿵쿵!

　"실례합니다!"

그러자 상단 사옥의 대문이 열리며 한 노인이 모습을 드러냈다.

끼이이익!

힘겹게 문을 연 노인이 그녀를 바라보며 물었다.

"쿨럭쿨럭! 무슨 일이신지요?"

"조방철 대인의 상단에서 왔습니다. 대방 어르신을 만날 수 있을까요?"

"아, 조 대인의 상단에서 오신 것이군요. 이런, 기별도 없이 어인 일이실까?"

"죄송합니다. 좀 경황이 없었지요?"

"아닙니다. 대방 어르신께선 자리에 안 계시니 대행수님을 뫼서 오겠습니다."

"그래 주세요."

노인이 종종걸음으로 사라지고 난 후, 백의 장삼을 입은 청년이 모습을 드러냈다.

그는 수려한 외모에 긴 머리를 늘어뜨린 미청년이었다.

"어서 오십시오. 손님이 오셨는데, 제가 너무 늦었지요?"

"아니요. 일각도 채 안 되어서 나오신 것 같은데요."

"그래도 대방 어르신을 찾아온 손님을 이렇게 대접하는 법은 없지요. 용서하십시오."

"괜찮습니다."

청년은 꾸벅 고개를 숙여 자신을 소개하였다.

"저는 상단에서 대행수를 맡고 있는 안형이라고 합니다."

"조 대인 상단의 성희라고 해요."

"명화방의 아성입니다."

안형은 명화방이라는 이름을 단박에 알아들었다.

"명화방! 당신이 바로 천 씨 일가의 후손인 아성 공자이시 군요!"

"저를 아십니까?"

"소문에 의하면 우리 상단을 수소문하고 다니셨다고 하더군요. 하지만 그 이전부터 저희들은 공자님에 대해 잘 알고 있었습니다."

"어떻게 저를 아십니까? 명화방은 조선에 들어온 지 얼마 안 되었습니다만."

"그래요. 조선에 발을 들인지 얼마 되지 않았지요. 하지만 그 뿌리가 명나라에 닿아 있으니 우리가 모를 리가 없지요."

아성은 이들 역시 천 씨 일가를 찾아서 수십 년을 헤맸다는 것을 알 수 있었다.

"아무튼 이렇게 만나게 되어 정말 반갑습니다. 대방 어르신을 뵙고 긴 얘기를 나누시지요."

"알겠습니다."

그는 아성을 데리고 사옥의 안채로 향했다.

　　　　　*　　　　　*　　　　　*

　아성과 성희가 해북 상단에 도착하고 난 지 대략 반나절만에 상단의 대방 안휘가 돌아왔다.

　그는 아성과 성희를 아주 대단히 반겼다.

　"이런, 이런! 귀한 손님들이 오셨군요! 조 대인께선 강녕하시지요?"

　"물론입니다. 덕분에 아주 편안히 잘 계십니다."

　"다행이군요."

　안휘는 천 씨 일가에서 온 아성에게 깊이 고개를 숙였다.

　"먼 길을 오시느라 얼마나 수고가 많으셨습니까?"

　"아닙니다. 저희들이야 돈 벌자고 하는 일인데 고생이랄 것이 있겠습니까?"

　"하하, 생각하기에 따라 다른 법. 공자의 말씀도 틀린 것은 아니군요."

　안휘는 아성이 자신을 찾아온 이유에 대해 이미 알고 있는 것 같았다.

　그는 천태의 이름을 거론하면서 자신들과 명화방이 어떤 관련이 있는지를 알려주었다.

　"천태 공의 아드님이신 청명검 천하랑 님께서 북해빙궁에서 무림맹의 고수들과 함께 수장된 이후 저희 해북 상단의 초대 대방께선 소궁주이신 화령 아가씨의 유지를 받들어 서쪽으로 갔습니다. 그 원정은 천태 공의 천가장에 몸을 의탁하고 세력을 구축하기 위함이었지요. 소궁주께서 남기신 유언은 천태 공을 보필하여 다시 광영을 되찾으라는 것이었으니, 북해빙궁의 표국 무사들은 그분을 찾을 때까지 결코 걸음을 멈출 수 없었습니다. 하지만 천가장이 초토화된 것을 보고 명나라로 돌아가 상단을 다시 꾸리게 된 것이지요. 그러니까 우리 해북 상단은 애초에 천가를 기다리며 장사를 해온 것입니다. 이 모든 것이 천가를 위한 것이지요."

"그렇군요."

"사실 저희들은 명화방이 그 명성을 떨치기 전까지는 천가의 명맥이 끊어졌다고 보고 있었습니다. 하지만 일말의 희망이라도 놓는 것은 우리의 근간이 흔들린다고 생각하여 끝도 없이 그 이름을 수소문하고 있었지요."

명나라나 조선에서 브리튼 지역까지 굳이 여행하는 사람이 없던 것을 생각하면 천태의 소식은 해북 상단까지 닿을 수가 없었을 것이다.

그는 아성에게 지금이라도 두 세력이 힘을 합쳐야 한다고 주장했다.

"천가와 우리 안 씨 일가는 힘을 합쳐 다시 중원 대륙으로 돌아가야 합니다. 비록 명화방이 강성한 세력을 이루긴 했지만 고향으로 돌아가는 데엔 무리가 있습니다. 우리가 그 길에 힘을 보태고 함께하겠습니다."

아성은 그의 제안을 받아들이면서도 합병에 대한 얘기는 고사하였다.

"좋습니다. 우리 두 세력이 함께하는 것은 아주 좋은 일입니다. 하지만 세력을 합가하는 것보다는 굳건한 혈맹 관계로서 함께 가는 것이 어떨까 싶습니다. 지금처럼 두 세력이 각자의 확고한 영향력을 가지고 있는 가운데 굳이 세력을 하나로 통일하는 것이 꼭 필요할까 싶습니다."

"하긴, 그것도 일리가 있는 얘기이군요."

"아무튼 자세한 얘기는 제가 명화방으로 다시 돌아간 후 방주님과 여러 어르신의 얘기를 들어보고 난 후에 논의해 봅시다."

"좋습니다. 그렇게 하시지요."

안휘는 그에게 후위무림맹에 대한 얘기도 살짝 얹었다.

"알고 계신지는 몰라도 당문을 중심으로 한 후위무림맹이 다시 결성되었다고 합니다. 명나라 조정이 무인들의 치세를 저지하고자 내린 탄압령이 있고 난 후에 꼭 50년 만의 일이지요."

"어렴풋이 들었습니다. 유럽 지역에서 DMS라는 이름으로 상단을 꾸리면서 자금을 조달한다지요?"

"비슷합니다. DMS는 무림맹이 해체되면서 생긴 작은 단체였고, 그들이 후위무림맹을 주도하여 다시 결성한 것이니까요."

"그렇군요."

그는 후위무림맹이 지금 벌이고 다니는 일에 대해 말했다.

"그 후위무림맹은 지금 천하마술단이라는 기상천외한 단체와 손을 잡고 천가의 씨를 말린다고 설치는 중이라고 합니다. 그 소식이 이곳 조선까지 들어온 것을 보면 그 행동거지가 영 심상치 않은 것이 확실해요."

"…끝까지 발악이군. 우리 가문이 멸문지화를 당할 뻔한 이후 수십 년이 지났음에도 불구하고 미련을 못 버린 모양입니다."

"어쩌면 당연한 일입니다. 아직까지 천태 공의 화열검이 남아 있지 않습니까?"

"화열검……."

여전히 가문의 상징처럼 남아 있는 화열검이지만 그에 대한 위치는 철저히 비밀에 붙여져 전승되어지고 있었다.

아성 역시 화열검이 어디에 있는지 알 수 없었으며, 그가 정식으로 방주가 되는 날에서야 언질을 받을 수 있을 것이다.

화열검은 그만큼 위험하고도 신묘한 검이라 세상에 드러나는 것이 아직도 두려운 천가였다.

안휘는 화열검이 후위무림맹을 타도하고 고향으로 돌아갈 수 있는 가장 빠른 열쇠가 될 것임을 시사하였다.

"여전히 무림맹의 전승비기가 그대로 내려져 오는 후위무림맹의 세력은 강성해지고 있습니다. 그들을 꺾을 수 있는 방법은 사실상 화열검의 부활밖에 없습니다. 그렇지 않은 이상에야 다시 길고 긴 정사대전이 일어나게 될 뿐입니다."

"하지만 화열검은 금기입니다. 아무리 상황이 급박하게 돌아간다고 해도 방에서 그것을 세상 밖에 내놓을 리가 없습니다."

"흐음……."

아성은 이 일에 대한 얘기를 나중으로 미뤘다.

"일단 이 사안은 나중으로 미뤄놓으시죠. 화열검은 우리가 왈가왈부해서 어찌 될 물건이 아니니까요."

"그래요. 이 사안은 천천히 다루는 것으로 합시다."

안휘는 아성을 데리고 자리를 옮기기로 한다.

"손님이 오셨으니 잔치를 준비해야겠습니다. 괜찮으시다면 며칠 이곳에서 머물면서 저희들과 함께 앞일에 대해서 상의하시죠."

"그렇게 하겠습니다."

그는 안형에게 잔치 준비를 명했다.

"소를 몇 마리 잡고 돼지도 잡자꾸나. 듣자 하니 씨알 좋은 고래가 있다던데 그놈의 고기도 내어 잔치를 벌이자."

"예, 대방 어르신."

아성은 안형의 집에서 며칠 머물면서 앞으로의 일에 대해 조금 더 심도 있게 상의할 생각이다.

*   *   *

늦은 밤, 명화장원으로 젊은 여인이 들어섰다.

끼이익!

무척이나 조심스럽고 가벼운 발걸음. 그녀의 곁에는 위지명이 함께 있었다.

"정말 괜찮겠습니까?"

"…물론이죠. 나의 뿌리를 찾는 일인 것을요."

"하지만 죽을 때까지 천가의 핏줄이라 얘기하실 수 없을 겁니다. 파블라토스 가문에서도 지금 이 일에 대해 그다지 달갑게 생각하지 않을 테니까요."

"각오하고 있습니다."

그녀는 파블라토스 가문의 장녀 마리아다.

마리아의 미모는 이미 이탈리아 반도를 넘어 프랑스와 스페인까지 전해질 정도로 빼어났다.

그런 그녀의 마음을 얻기 위해 각 나라의 거상들이 진귀한 물건은 죄다 가져다 바쳤고, 심지어 왕실에서도 구애를 해왔다.

하지만 그녀는 그러한 구애를 전부 물리치고 오로지 장사에만 몰두하고 있었다.

빼어난 마리아의 미모는 장사에 꽤 많은 도움이 되었고, 이미 파블라토스 가문의 대표적인 얼굴로 자리매김해 나가고 있었다.

그녀의 정략결혼 상대로 거론되는 프랑스계 큰손인 루이 바자르 역시 파블라토스 가문에서 처가살이를 한다는 조건으로 혼사가 성사되는 분위기였다.

스스로 철의 여인이 되기를 바랐던 그녀이지만 그 결심을 단 한 번에 흔들어 버리는 일이 벌어졌다.

그것은 바로 출생의 비밀이 밝혀진 사건이다. 며칠 전 그녀는 어머니의 침실에서 한 사내아이의 초상화를 발견하였다.

그 사내아이의 목에는 가문의 상징인 푸른색 양이 그려져 있고 팔뚝에는 제비 모양의 반점이 선명하게 남아 있었다.

제비 모양의 반점은 파블라토스 가문 대대로 내려져 오는 유전적 특성으로, 유일하게 마리아에게만 남아 있지 않았다.

마리아는 어려서부터 다른 형제들에게만 있는 제비 문양 반점에 대해 계속해 의문을 품고 있었다.

어려선 제비 모양 반점이 없다는 것이 자신을 특별하게 만든다고 생각하며 살아왔지만 서서히 철이 들고 나선 점점 짙은 의문을 품게 되었다.

그러던 어느 날, 한 사내아이의 초상화를 접하고 나선 어머니에게 뭔가 큰 비밀이 있다는 사실을 깨달았다. 그리고 그 뒤를 집요하게 파내다 보니 마침내 실마리를 잡게 되었다.

파블라토스 가문에서 첫 아들이 태어났을 때, 그 아이를 받은 산파를 그녀가 찾아낸 것이다.

산파의 말은 충격적이었다.

처음 태어난 사내아이는 온데간데없고 예쁘장한 여자아이 하나가 첫 아이로 공개가 되었다는 것이다.

그때 태어난 아이는 지금 어디에 있는지 알 길이 없고 생모가 가끔씩 '천 씨'를 중얼거리는 것을 들었다고 했다.

그녀는 천 씨의 성을 가진 세력들을 수소문하여 '명화방'까지 찾아가게 된 것이다.

명화방의 부방주 위지명은 그녀가 자신을 찾아온 것이 어쩌면 천명이라고 생각하여 아직 살아 있는 방주에게 데려다 주기로 마음먹은 것이다.

위지명은 이제 더 이상 자신이 어찌할 수 있는 천륜이 아니라는 것을 깨달았다.

'그래, 모든 것은 신이 알아서 하시겠지.'

그는 반쯤 포기한 상태로 명화방주의 침실로 그녀를 안내했다.

똑똑.

"방주님, 위지명입니다."

"쿨럭쿨럭! 부방주께서 어인 일이십니까?"

"긴히 드릴 말씀이 있습니다."

"…그렇구려. 들어오십시오."

잠시 후, 그녀는 피골이 상접한 명화방의 방주이자 자신의 생부와 마주하였다.

그는 이미 흐려진 시야 때문에 바로 앞의 사물조차 제대로 식별하기 힘든 상태였다.

"그래, 저를 찾아온 이유가 무엇이신지요?"

"별것은 아닙니다. 공자가 해북 상단과 연이 닿았다고 합니다. 며칠 전에 전서구를 날렸을 테니 지금쯤이면 그곳에서 머물면서 공식적인 교류를 나누고 있겠지요."

"녀석, 이젠 정말 방주로서 갖추어야 할 모든 것을 갖추게 된 모양입니다. 후후, 이젠 정말 안사람과 빙부께 면목이 서겠습니다."

"공자가 아니더라도 방주께선 이미 할 일을 다 하셨습니다.

우리 방에서 방주보다 더 헌신적으로 일한 사람이 또 있겠습니까?"

그는 고개를 가로저었다.

"아닙니다. 그래도 아비 된 노릇을 제대로 하지 못한 것이 못내 마음에 걸립니다. 내 아들에게도, 내 딸에게도 말입니다."

"……."

그녀는 어쩌면 방주가 자신의 존재를 이미 눈치채고 있는지도 모른다고 생각했다. 하지만 그런 내색을 할 수는 없었다. 지금의 이 분위기가 깨지면 평생 후회를 할 것 같았기 때문이다.

다니엘은 계속해서 말을 이었다.

"부방주, 만약 제가 아들이 돌아오는 날보다 먼저 떠난다면 반드시 이 서찰을 전해주십시오."

"유언장입니까?"

"예, 그렇습니다."

"잘 알겠습니다."

"그리고 부방주, 고맙습니다."

"…별말씀을 다 하시는군요."

사람이 오래 살다 보면 누군가가 나고 떠나는 시기를 직감적으로 깨닫게 된다고 한다. 어쩌면 그것은 인간은 원래 흙에서 났고 흙으로 돌아가기에 자연적으로 그것을 깨우치게 되는 것인지도 모른다.

위지명은 이제 정말 다니엘의 숨이 얼마 남지 않았다고 생각했다.

"방주, 사실은……."

"…피곤하군요."

"알겠습니다. 그럼 푹 쉬시지요."

다니엘은 살며시 눈을 감았고, 위지명은 끝내 두 부녀를 상봉시키지 못한 채 발걸음을 돌렸다.

마리아 역시 지금 돌리는 이 발걸음에 후회는 없을 것이라 확신했다.

'이것으로 된 거야.'

그녀는 명화방을 떠나면서 위지명에게 한마디를 덧붙였다.

"저는 앞으로 이 방과는 전혀 상관이 없는 사람인 것입니다. 행여나 적으로 만나게 된다고 해도 달라질 것은 없습니다."

"물론입니다. 잘 가십시오. 그리고 행복하십시오."

"…고마워요."

마리아의 눈에서 한 방울의 눈물이 떨어져 내렸다.

                    *   *   *

　이른 새벽, 해북 상단 사옥에선 여전히 잔치가 열리고 있
었다.

　짜자자자장!

　"어얼쑤, 좋다!"

　"조금 더 신명나게!"

　강릉에서 사당패가 한창 판을 벌이고 있는 가운데 안휘와
아성이 별채에서 술잔을 기울이고 있다.

　안휘는 아성에게 자신만이 알고 있는 비밀 한 가지를 털어
놓았다.

　"사실은 우리 안 씨 가문에서 후위무림맹에 첩자를 두고 있
습니다."

　"첩자?"

　"제갈 세가의 주축이자 후위무림맹 3 대 검객이라 불리는
제갈청설은 제 친 조카입니다. 제 형님이자 선대 대방이신 안
명 대형께서 청설이를 제갈 세가에 양자로 주고 그 아이를 제
갈 세가의 주축으로 만들었지요."

　"그렇다면 안 씨 가문과 후위무림맹은 핏줄로 연결되어 있
는 셈이군요."

　"만약 제갈 세가에서 청설이의 정체를 파악해 내지 못한다

면 대대로 첩자를 심은 셈이 되겠지요."

"으음……."

"아무튼 저희들은 집안의 장손을 희생해서라도 그들을 견제하고 싶은 마음입니다. 그러니 화열검에 대한 소식을 되도록 빨리 접하고 싶군요."

아성은 고개를 끄덕였다.

"알겠습니다. 아버님께 화열검에 대한 얘기를 꼭 해보겠습니다."

"감사합니다!"

두 사람이 한창 술잔을 기울이고 있을 때, 별채의 문이 열렸다.

쾅!

"공자님!"

"무슨 일인가?"

"…어르신께서 타계하셨습니다!"

"……!"

아성은 드디어 올 것이 왔다고 생각했다.

"삼가 고인의 명복을 빕니다."

"…고맙습니다."

그는 당장 자리에서 일어섰다.

"죄송합니다만, 먼저 일어나야겠습니다."

"압니다. 가시는 길, 부디 무탈하시길 빌겠습니다."

"조만간 전서구를 띄우고 상을 치르는 대로 다시 뵙지요."

"예, 공자님."

아성은 다시 배를 타고 아라비아 반도로 향했다.

2. 심각한 사태

독일 벡스터 문화회관 중앙 엘리베이터 앞.

―준비됐습니까?

―물론입니다.

―자, 그럼 시스템 off 합니다.

철컹!

벡스터 문화회관은 비상 전력을 동원하면 외부의 전기 공급 없이 사나흘쯤 버틸 수 있는 시스템을 가지고 있다.

이것은 벡스터 문화회관이 가진 특성 때문인데, 이 건물이 친환경 프로젝트의 첫 번째 작품이라 풍력 충전지와 태양열 전지를 가지고 있었다.

때문에 외부의 전기가 모두 끊어진다고 해도 지금까지 간헐적으로 충전되고 있던 태양열 전지와 풍력 전지가 보조 전력을 주 전력으로 돌려 시스템을 전환시키게 되는 것이다.

이러한 장치 덕분에 벡스터 문화회관은 여전히 불이 꺼지지 않은 상태로 유지되고 있었다.

태하는 엘리베이터를 최상층까지 올려두었다가 전기를 차단시켜 엘리베이터를 그대로 수직 낙하시킬 생각이다.

이때, 태하가 엘리베이터가 수직 낙하하는 타이밍에 맞춰 장만 제대로 쳐준다면 지하까지 단숨에 뚫고 들어갈 수 있을 터였다.

문화회관 엘리베이터의 안전 시스템이 무력화되면 태하는 장력을 이용하여 지하 8층까지 순식간에 내려갈 수 있을 것이다.

그러니까 엘리베이터는 태하가 벽을 뚫기 위한 망치로 사용되는 셈이다.

태하는 벡스터 문화회관 옥상에 있는 엘리베이터 입구에 섰다.

"시작하겠습니다."

"정말 괜찮겠죠?"

"안 괜찮아도 별수 없지요. 지금은 이 방법밖에 더 이상 길이 없으니."

"후우, 좋습니다. 시작하시죠."

그는 엘리베이터의 문을 열고 그 안에 들어 있던 통제장치를 뜯어내고 천장에 매달려 있던 와이어 시스템을 끊어버렸다.

서걱!

그러자 엘리베이터가 빠른 속도로 낙하하기 시작했다.

쐐에에에에엥!

태하는 그 위로 마권장을 무려 네 방이나 출수시켰다.

"허업!"

쾅쾅쾅쾅!

마권장이 출수되면서 뿜어지는 후폭풍이 엘리베이터를 밀어냈고, 그 압력을 따라서 엘리베이터에 가속도가 붙었다.

태하는 마권장이 엘리베이터를 자연스럽게 밀어내도록 장의 속도를 늦추었고, 그의 예상대로 엘리베이터가 탄력을 받아 콘크리트 바닥을 그대로 뚫어버렸다.

콰앙!

순간, 태하는 엘리베이터 위로 마권장을 떨어뜨렸다.

"가라!"

퍼엉, 콰과과쾅!

불덩이가 되어버린 엘리베이터는 계속해서 바닥을 뚫고 내려가 지하 8층 끝에 닿았다.

쿠웅!

"됐다!"

"이제 로프를 내리고 레펠해서 지하 8층까지 가면 됩니다."

"이렇게 기가 막힌 방법이 있다니, 이제 지하 수로를 타고 이동한다면 충분히 탈출할 수 있을 것 같습니다! 지하 수로는 지하철과 이어져 있으니 안전지대까지 충분히 갈 수 있을 겁니다."

"자자, 그럼 어서 움직입시다!"

말이 나온 김에 태하와 일행은 끊어져 한쪽이 되어버린 엘리베이터 와이어를 타고 지하로 내려가기 시작했다.

슈우우우우웅!

초상비 대신 레펠을 통해 지하 8층까지 단숨에 내려간 태하는 악의 시종들이 아직까진 지하에 당도하지 못했다는 것을 알 수 있었다.

"건물의 지하로는 놈들이 잠입하지 못한 모양이군요."

"지하 주차장은 건물에 재난이 발생하게 되면 방화 셔터가 알아서 내려옵니다. 아마 지하 주차장에 들어가 있던 사람들은 갇혀 버렸겠지만 생명에 지장은 없을 겁니다."

"그렇군요."

태하는 지하 주차장에 당도한 후에 곧바로 패닉 룸의 위치에 대해 물었다.

"패닉 룸은 어디에 위치해 있지요?"

"이곳의 바로 아래에 있습니다. 지금 당신이 밟고 있는 그 땅 바로 밑 안전 강판 아래에 패닉 룸이 있습니다. 이 안전 강판은 지진해일이 일어나도 버틸 수 있지요."

"그렇군요. 어떻게 본다면 이 세상에서 가장 안전한 곳이 바로 이 지하 패닉 룸일 수도 있겠군요."

"그렇지요. 만약 전쟁이 터진다거나 핵폭발이 일어난다면 이 안에 들어가 있는 편이 가장 안전할 겁니다. 하지만 언제까지 저 안에 들어가 있을 수는 없는 노릇이니 빠른 구출은 필수입니다."

이제 경호원들은 패닉 룸으로 들어가기 위해 입구를 찾기로 한다.

"비상 전원이 모두 차단되었기 때문에 지하로 들어가는 자동문이 폐쇄되었습니다. 이제 저곳으로 들어가는 길은 하나뿐입니다."

"벽을 무너뜨리는 것 말입니까?"

"예, 그렇습니다."

"좋습니다. 벽을 무너뜨리고 각 정상들을 구출해서 이곳을 빠져나갑시다."

지금 건물 밖에선 군 특수부대가 악의 시종들을 제거하느라 정신이 없을 것이고, 여차하면 전차의 도입까지 거론되는 상황이었다.

만약 이들이 정상들을 빼내어 빠져나간다면 이곳을 대대적으로 폭격하여 악의 시종들을 일거에 쓸어버릴 수 있을 터였다.

"자, 그럼……."

하지만 바로 그때, 태하는 전혀 예상치 못한 상황과 마주하고 말았다.

쿵쿵쿵!

"으음? 어디선가 진동이……."

"차폐된 방화 셔터 밖에서 진동이 느껴지는 것 같은데요?"

"설마하니 저곳까지 놈들이 들이친 것일까요?"

"그럴 리가 없습니다. 이곳은 두께 55㎝의 티타늄 셔터와 강화플라스틱으로 만든 셔터가 무려 열두 겹이나 있습니다. 미사일 공격을 퍼붓는다면 모를까, 일반적인 방법으론 뚫을 수가 없어요."

경호원들은 도저히 일어날 수 없는 일이라고 단언했지만, 그것은 여지없이 빗나가고 말았다.

쿵쿵, 콰앙!

"허, 허억!"

"문이 뚫렸어?!"

"크흐흐, 이런 애송이들 같으니! 이곳에 숨어서 숨바꼭질이나 하고 있었구나!"

"가란델?!"

태하는 피를 토하듯 가란델의 이름을 외쳤다.

"제기랄, 저놈이 끝까지 사람 속을 뒤집어놓는군!"

"저, 저놈은 뭡니까?!"

"…사람이 아닙니다. 어쩌면 미사일 공격보다 더 위험한 존재일지도 모르죠."

"그, 그게 무슨 소리입니까?"

"두고 보면 알아요."

그는 주변의 모든 동료들에게 가란델과의 전투에 들어갈 것을 종용했다.

"저놈이 살아남는다면 지하의 정상들은 전부 다 목숨을 잃을 것입니다! 저놈은 내 능력을 훨씬 뛰어넘는 힘을 가졌습니다!"

"허, 허어! 그게 말이 되는 소리입니까?!"

"인정하기 싫지만 사실입니다. 우리가 저놈을 못 막으면 패닉 룸은 뚫릴 수도 있어요."

"하지만 패닉 룸은 핵폭탄도 못 뚫습니다. 우리가 죽어도 저놈이 어찌할 도리는 없을 겁니다."

가란델은 실소를 흘렸다.

"킥킥, 멍청한 놈들. 저 상자를 왜 굳이 지금 두들겨 패서 열겠나? 전문가들이 있는 곳으로 가져가서 천천히 열면 되는 것이지."

"……?"

잠시 후, 가란델의 뒤로 엄청난 숫자의 악의 시종과 초대형 거중기의 강철 와이어가 들어왔다.

─크헤에에에엑!

"킥킥, 아무리 단단한 상자라도 어차피 땅에 박혀 있는 물건일 뿐이다. 사람이 만들어 심은 물건은 사람이 뜯어서 밖으로 가지고 나갈 수 있는 법이지."

"……!"

설마하니 패닉 룸을 뜯어서 밖으로 가지고 나갈 생각은 꿈에도 못 한 태하는 뒤통수를 맞은 기분이 들었다.

"이런 빌어먹을! 저놈들이 어떻게 패닉 룸의 정체에 대해 알아챈 것이죠?!"

"아무래도 각국의 정상들을 대피시킬 때 알았겠지요. 이놈들의 눈과 귀는 한두 개가 아니니까요."

"큰일이군요. 설마하니 이런 방법까지 구사할 줄이야……."

천하마술단은 처음부터 비상 대피책이 있다는 것을 염두에 두고 이런 작전을 구사했다.

그들은 G20 정상회담이 열리는 장소에 어느 정도 장치가 되어 있을 것이라는 사실을 사전에 인지한 상태에서 악의 시종들을 풀었다.

도망에 실패한 각국의 정상들은 당연히 그들이 준비한 수단을 통하여 구조되거나 숨었을 테니 그곳만 공략한다면 정상들이 위험에 처하는 것은 한순간이었다.

이러한 사실은 독일에서도 잘 알고 있었을 테지만, 그들로서는 이보다 더 좋은 방법은 고안해 낼 수 없었을 터이다.

"사상 자체가 무식한 놈들이라는 것은 익히 알고 있었지만 이 정도로 앞뒤 안 가리는 놈들이라곤 전혀 상상조차 하지 못했습니다."

"이젠 어쩌죠? 저렇게 많은 적과 싸워 이길 수 있을 것 같지가 않은데요?"

"…한번 해봐야지요. 별수 없지 않겠습니까?"

태하는 한빙검을 오른손에 꽉 쥐었다.

꽈드드득!

"어차피 우리 모두 멀쩡히 살아서 이곳을 나간다는 생각은 하지 않았다고 봅니다. 맞습니까?"

"후후, 그건 그렇지요."

"그렇다면 죽을 때까지 한번 싸워봅시다. 죽을 각오로 임한다면 반드시 길이 보일 겁니다."

"그래요! 갑시다!"

"전원, 전투 준비!"

철컥!

"발사!"

두두두두두두!

경호원들의 총탄이 적들의 몸통을 관통하자 가란델이 허공답보를 밟았다.

파바바밧!

그의 보법은 이전보다 훨씬 더 발전하여 이제는 인간의 경지를 뛰어넘은 것으로 보였다.

놈은 허공답보 이후에 곧바로 등에서 창을 뽑아냈다.

채앵!

"…소환?!"

"크흐흐, 죽어라!"

놈이 휘두른 창은 일격에 고수 열 명을 낙엽처럼 쓸어버릴 정도로 강력했다.

촤라라락, 쾅!

"크허억!"

"이, 이런 말도 안 되는 일격이 다 있나?!"

위지성현은 자신의 앞에 펼쳐진 이 일격이 다름 아닌 자신이 사용하는 절륜창법의 상위 무공이라는 사실을 알 수 있었다.

"…맹룡격! 어떻게 놈이 우리 가문의 비기를?!"

"가란델은 시신과 시신을 이어서 만든 놈입니다. 아마도 어디선가 위지 세가 고수의 시신을 도굴해서 가지고 왔겠지요."

"개자식들!"

"천하마술단은 지금까지 수많은 세월을 영유해 왔습니다. 그동안 그들이 죽인 고수의 숫자는 이루 헤아릴 수도 없을 지경이지요. 하물며 위지 세가의 사람이라고 그들의 손에 죽지 말라는 법은 없습니다."

"…아무리 그래도 맹룡격은 화경 이상의 고수만이 전수 받을 수 있는 상위 무공입니다. 적어도 후기지수쯤은 되어야 초식을 알고 있을 겁니다."

"일이야 어찌 되었든 간에 이놈은 우리 모두의 적임과 동시에 위지 세가의 원수이기도 한 것이군요."

"이놈을 죽여서 조상님들의 영전에 목을 따 올려야겠습니다!"

위지성현은 그가 사용한 맹룡격을 그대로 돌려주었다.

"맹룡격!"

휘이이이이잉, 까앙!

강력하게 몰아치는 진한 황색 강기가 용의 형상을 띤다고 하여 '황룡창'이라고도 부르는 맹룡격은 그 일격에 직경 10미터의 공격 범위를 만들어낸다.

그 일격에 당하게 되면 아무리 화경의 고수라고 해도 멀쩡히 살아남을 수가 없는 절학이었다.

하지만 가란델은 그런 맹룡격을 아주 가볍게 막아냈다.

챙!

"이, 이런……?!"

"큭큭! 맹룡격으로 날 쓰러뜨릴 생각을 하다니, 가소롭구나! 좋다, 이렇게 된 김에 네놈들의 절학을 하나 더 보여주마!"

"……?"

"청룡비선격!"

슈우우우우욱, 콰앙!

─크아아아아아앙!

청색 진기가 용의 형상을 띠고 이것이 공중으로 승천했다가 그대로 지상에 내리꽂는 비기가 바로 청룡비선격이다.

청룡비선격은 위지 세가의 고수 중에서도 극성으로 익힌 사람이 극히 드물 정도로 복잡하고도 신묘한 절학이었다.

천 년의 세월 동안 오로지 창만 연구한 위지 세가의 자존심이기도 한 청룡비선격은 위지성현조차 그 초식의 일부분만 익히고 있을 뿐이다.

그는 청룡비선격의 위력을 눈으로 직접 보았음에 경악을 금치 못했다.

"서, 설마하니 창의 극 오의까지 통달했을 줄이야!"

"큭큭! 극 오의에 맞는 느낌이 어떤지 궁금하구나! 어서 죽어라!"

가란델에게서 출수된 한 마리의 청룡은 건물의 옥상까지 뚫고 올라갔다가 검은 먹구름과 함께 지상으로 떨어져 내렸다.

쿠구구구구구구궁, 콰앙!

촤좌좌좌좍!

"모두들 피하십시오!"

"크하하하! 내 창을 받아라!"

콰앙!

창격이 바닥에 떨어지는 순간, 직경 50미터 안의 모든 생명체가 전기에 감전되어 버렸다.

치지지지지직!

"크으으윽!"

"사정거리 밖으로 벗어났어도 여전히 위협적이군!"

"놈이 헛소리를 지껄이는 바람에 시간을 벌었지, 그게 아니었다면 우리는 벌써 다 죽었을 겁니다!"

"…간담이 서늘해지는군."

명화방의 고수들이 사방으로 흩어지자, 악의 시종들이 물밀듯이 밀려들기 시작한다.

—크하아아악!

"제기랄, 우리의 진영이 무너져 내리는 것을 노린 것이군!"

"큭큭, 내가 미쳤다고 이런 쇼를 하겠나? 네놈들, 오늘이 제 삿날이다!"

태하는 무공을 익히고 난 후 처음으로 자신이 죽을 수도 있겠다는 생각이 들었다.

'그래, 그렇다고 해도 어쩔 수 없지. 최선을 다하는 수밖에.'

그는 죽을 각오로 검을 잡았다.

　　　　　*　　　　　*　　　　　*

늦은 밤, 라이트플라워 가문의 장남 미카엘이 미국 할렘가를 거닐고 있다.

쏴아아아아아아!

비가 추적추적 내리고 있는 밤이지만 미카엘은 어쩐지 우산조차 쓰지 않고 있었다.

미카엘은 할렘가에 꽤 많은 친구가 있었다.

"어이, 미카엘! 이 밤에 무슨 청승이야? 집에 안 들어가?"

"…싫어, 안 들어가."

"왜? 그 좋은 집에 왜 안 들어간다는 거지?"

"겁쟁이가 되었어. 알잖아? 남자가 겁쟁이로 낙인찍히면 어떻게 되는 것인지 말이야."

"흐음, 그것참… 문제로군."

아직 성인 티도 안 나는 소년들이지만 그들 나름대로의 룰과 명예가 있기에 친구들은 미카엘이 처한 상황을 어느 정도 이해하고 있었다.

하지만 그들은 미카엘이 무술을 익혔고 그 힘이 자신들보다 세다는 것을 알고 있기에 딱히 명예에 대한 충고를 해주기가 부담스러웠다.

"그래도 라이트플라워의 장남이라면 언제든 명예 회복의 기회가 올 거야. 그렇지 않나?"

"하긴 그게 세상의 순리니까."

"……."

"어이, 온 김에 한 대 피우고 갈래?"

"됐어, 너희들끼리 놀아."

"어이, 미카엘!"

상당히 남자답고 거친 것을 좋아하는 미카엘이기에 자연스럽게 할렘가의 리틀 갱스터들과 어울렸지만, 그들 역시 진짜 남자라는 생각은 들지 않는다.

'빌어먹을, 가문만 보고 사람은 보지 않는군. 역시 이 세상에 나를 이해해 줄 수 있는 사람은 없어.'

그는 하늘을 바라보았다.

쇄아아아아아아!

"그래, 더 세차게 내려라!"

두 팔을 벌려 내리는 비를 맞고 있던 미카엘에게 이상한 소리가 들린다.

쿵쿵쿵, 퍼억!

"꺄아아아악!"

"크흐흐, 가만히 있어!"

"사, 살려주세요!"

"여기가 어디라고 동양 년이 돌아다녀? 이 핸섬 가이들이 신세계를 맛보게 해주마!"

한참이나 비를 맞고 있던 미카엘은 사건 현장으로 슬그머니 다가가 보았다.

"…남자의 사색을 방해하다니, 네놈들이야말로 없어져야 할 사회의 악이구나."

"미친놈, 뭐라는 거야? 꼬맹이는 집에 가서 엄마 젖이나 더 먹고 와라."

"크크큭!"

"……"

그는 네 명의 건장한 흑인 남자들이 연약한 동양인 소녀 한 명을 해코지하기 위해 모였다는 사실을 어렵지 않게 알 수 있었다.

이런 경우엔 경찰에 신고하는 편이 낫겠지만, 그는 그렇게 하지 않았다.

"좋아, 꼬맹이에게 맞으면 얼마나 아픈지 알려주마. 그땐 너희들이 엄마 젖을 더 먹어야 한다는 것을 깨닫게 되겠지."

"큭큭큭, 아주 개그를 하는구나!"

한 청년이 자리에서 일어나 미카엘에게 손을 뻗었다. 그러자 그는 아주 가볍게 주먹을 뻗었다.

퍽!

뚜두두두둑!

"끄아아아아악!"

"이, 이 새끼가?!"

"내공도 없는 허접이군. 이런 놈을 상대해야 하다니, 내 명예가 조금 더러워지겠어."

"…저 새끼를 죽여!"

자리에서 벌떡 일어난 세 명의 청년이 주머니에서 무언가를 꺼내려는 찰나, 미카엘이 먼저 손을 썼다.

"탄지공이다!"

피융!

서걱!

"크허어억!"

"구, 구슬?!"

"사마 세가에선 이런 탄지공을 아주 자유자재로 쓰곤 하지.

네놈들, 사마 세가가 어딘 줄은 알고 있나?"

"개자식! 두고 보자! 이 수모는 반드시 갚아주마!"

사마 세가의 탄지공을 배운 미카엘은 가끔씩 귀찮은 일이 생길 때마다 이따금 사용하곤 했다.

물론 사마 세가에선 일반인에게 무공이 사용되는 줄은 꿈에도 모르고 있겠지만 그에겐 별 상관이 없는 일이었다.

어차피 자신이 배운 무공은 자신의 것이라고 생각했기 때문이다.

그는 자리에 누워 있는 소녀에게 자신의 윗옷을 벗어 던져 주었다.

휘릭!

"받아요."

"고, 고맙습니다."

명화방은 13세를 기점으로 몸에 작은 문신을 하나씩 새기기 시작하는데, 이를 통하여 고통을 참고 인내하는 법을 배워 나가는 것이다.

이 전통은 꽤나 오래된 것으로 집안에서 전해져 내려오는 특별한 문양들을 자신의 신념에 맞게 새길 수 있었다.

단, 방의 수많은 집안과 종파마다 고유의 문양이 정해져 있어 이 특화된 문양에서 벗어나면 안 된다는 것이 규칙이었다.

윗옷을 벗은 마이클의 몸에는 푸른색 호랑이가 새겨져 있었다.

전신을 감싸는 푸른색 호랑이는 아직 겉의 테두리만 실금의 형태로 새겨져 있을 뿐이고, 이것은 성인이 되어서야 비로소 자신의 특색에 따라서 그 안을 채워 넣게 될 것이다.

카퍼데일의 경우는 호랑이 안을 아주 빽빽한 격언들로 채워 넣어 문신을 완성하는 데 무려 30년이라는 세월이 걸렸다.

마이클은 그것이 남자가 누릴 수 있는 최고의 사치라고 생각하며 자신도 어서 빨리 할아버지의 문신을 따라서 몸에 새길 수 있는 날을 고대하고 있었다.

소녀는 마이클의 문신을 보며 수줍게 말했다.

"…그림이 참 멋지네요. 호랑이인가요?"

"맞아요. 청호죠. 우리 집안 대대로 내려져 오는 문양입니다."

"집안의 전통을 몸에 담다니, 명예로운 일이군요."

그는 고개를 가로저었다.

"아니에요. 난 얼마 전 이 청호에게 몹쓸 짓을 하고 말았습니다. 이미 명예를 잃어버릴 짓을 하고 말았으니 이 안을 채워 넣을 수 있을지 의문이네요."

"꼭 그렇게 될 거예요. 당신은 명예로운 사람이니까요."

"…내가요?"

"이렇게 저를 구해주셨잖아요. 아무것도 모르는 생판 남인데, 위험까지 무릅쓰면서 말이죠."

그녀의 말 한마디에 금세 기분이 좋아지는 마이클이다.

"그나저나 몸은 괜찮나요? 저놈들이 몹쓸 짓을 하고 있는
것 같던데……."

"덕분에 끔찍한 일은 겪지 않았어요. 정말 고마워요."

"별말씀을."

마이클이 벗어준 옷으로 찢어진 치마와 상의를 대신한 그
녀는 꾸벅 고개를 숙였다.

"고맙습니다. 이 은혜를 어떻게 갚아야 할지 모르겠네요."

"그럴 필요 없어요. 나에게 용기를 준 것만으로도 충분합니
다."

"그래도……."

그는 여전히 비틀거리는 그녀를 부축했다.

"일단 좀 기대요. 우선 우리 집으로 가서 옷을 좀 갈아입어
요. 누나들이 입던 옷이 남아 있을지도 몰라요."

"그래도 될까요?"

"물론이죠. 그 이후에 경찰서로 가서 사건에 대해 말해주고
도움을 받으면 되겠네요."

"고맙습니다, 정말."

"아니요, 그냥 해야 할 일을 한 것뿐인데요, 뭐."

마이클은 그녀를 데리고 라이트플라워 아파트로 향했다.

＊　　　　＊　　　　＊

라이트플라워 아파트 안.

복도에서부터 난리가 나 있다.

"마이클, 어디를 갔다가 이제 오는 거야?!"

"…그냥 친구들 좀 만났어요."

"코비와 토마스 그 녀석들을 만나고 오는 거야?! 그 친구들 만나지 말라고 이 엄마가 몇 번이나 말해!"

"내 친구들 욕하지 말아요. 그래 보여도 착한 아이들이니까요."

"참, 내가 못 산다."

잠시 후, 마이클의 어머니 넬라는 아들의 뒤에 서 있는 소녀를 발견했다.

"어, 어머나?!"

"아, 안녕하세요?"

"아가씨는 또 누구……?!"

그녀는 넬라에게 꾸벅 고개를 숙였다.

"죄송합니다. 제가 길거리에서 성폭행을 당할 뻔했는데 마이클이 저를 도와주었어요. 그래서 늦은 겁니다. 죄송합니다."

"그, 그래요?"

"마이클은 명예로웠어요. 혼자서 성인 남자 네 명을 다 상대했거든요."

동양인 소녀의 얘기를 들으니 넬라의 마음이 약간은 누그러지는 것 같다.

"크흠, 그렇다면 뭐……."

"엄마, 소녀가 입을 옷 좀 주세요. 옷이 다 찢어졌어요."

"세상에! 몹쓸 놈들이구나! 아주 혼쭐을 내줘야 하는 건데!"

"안 그래도 그랬으니까 걱정하지 말아요. 일단 옷이나 좀 주세요."

"그래, 알겠다."

잠시 후, 시집간 딸이 입던 원피스와 속옷 등을 꺼내서 가지고 온 넬라이다.

"일단 급한 대로 입어요. 지금 그 상태로 어디를 간다는 것은 불가능한 일이니."

"네, 감사합니다."

"경찰에 신고는 했어요?"

"옷을 갈아입고 하려는 참이에요."

"그래요. 참, 딱하기도 하지."

라이트플라워 가문의 철칙은 불의를 보고 참지 않는 것이며, 그로 인해 목이 달아나도 신념을 지키는 것이다.

그런 면에서 본다면 마이클은 집안의 철칙을 아주 잘 지키는 장남이라 할 수 있었다.

하지만 워낙 거칠고 불량한 친구들과 어울리다 보니 집안의 골칫거리처럼 전락하고 말았다는 것이 문제였다.

넬라는 마이클에게 다시 한 번 훈계하였다.

"저번 사건을 잊은 것은 아니겠지? 안 그래도 할아버지께서 집안 단속 때문에 머리가 아픈데, 너까지 말썽을 부리면 어찌하겠어? 안 그래?"

"…죄송합니다."

"아무튼 오늘 일은 잘한 거야. 저 아가씨가 옷을 다 갈아입으면 식당으로 데리고 오너라. 경찰에 신고를 하는 것도 좋지만 뭔가 좀 든든히 먹어야 하지 않겠어?"

"알겠어요."

도대체 얼마 만에 듣는 칭찬인지 마음이 가벼워진 마이클이다.

*   *   *

알프스 산맥에 위치한 천하마술단의 비밀 실험실 안.

천월령은 벌써 이틀째 같은 자세로 앉아서 자신의 아들을 안고 잠에 빠져든 남편을 바라보고 있었다.

"…어쩜 저렇게도 예쁘고 귀여운 아이가 다 있을까? 우리 남편을 꼭 빼닮았네."

"그래요. 아이가 참 예쁘군요. 이목구비는 당신을 닮았어
요."

"그런가요?"

"원래 아들은 어머니를 닮아야 잘산답니다. 당신의 아들은
장차 큰 인물이 되겠군요."

"후후, 고마워요."

"하지만 그런 앞길도 아이가 살아서 움직일 때 열리게 될
겁니다."

천월령은 일레이나에게 표독스러운 눈으로 말했다.

"…안 그래도 조치를 취해두었어요. 그러니 너무 재촉하지
말아요."

"오오, 그래요?"

"조만간 그 질긴 핏줄에 대한 조사가 끝이 날 겁니다. 그때
가 된다면 당신의 그 뜻을 이룰 수 있게 되겠지요."

"그것은 곧 당신의 뜻을 이룰 수 있는 일이기도 하지요. 조
금만 더 힘내요."

"안 그래도 그럴 겁니다. 나는 내 낭군님과 아들을 위해서
수백 년 동안 싸워온 사람입니다. 죽어도 죽을 수가 없어요."

그녀는 자신이 겪은 모진 세월에 대한 보상은 중요하지 않
다고 생각했다. 오로지 아들과 남편이 살아날 수만 있다면 자

신의 고통쯤은 아무렇지도 않았다.

"내가 하북의 지하 감옥에 갇혀 죽기 직전까지 두들겨 맞은 날이었어요. 저는 목숨을 끊고 스스로 내가 사랑하는 부자를 따라가리라 마음먹었죠. 하지만 내가 목숨을 끊으려던 바로 그때 나의 귓전에 아이의 울음소리가 맴돌았어요. 그러면서 10년, 20년 후의 모습이 눈앞에 선하게 보였습니다. 그제야 깨달았죠. 나는 죽어도 죽은 목숨이 아니라는 것을 말입니다."

"그래요. 그런 각오가 없었다면 여기까지 올 수도 없었겠죠."

그녀는 고개를 돌려 일레이나를 조금 누그러진 눈으로 바라보았다.

"그나저나 당신은 어째서 이렇게까지 천가의 피에 집착하는 거죠? 지금 이 악의 시종들만 제대로 이용해도 당신이 원하는 혼돈은 충분히 일어나고도 남을 겁니다."

"…혼돈, 그것은 시작에 불과합니다. 나는 인간들의 온전한 회개와 구원을 원해요. 그들은 타락했습니다. 자신들이 누리고 있는 이 모든 것이 당연한 것이라 생각하지요. 힘으로 남을 억누르고 그곳에서 얻는 재화를 가지고 호의호식합니다. 그러면서도 자신들이 가진 권력으로 세상을 바꿀 수 있다고 착각하면서 살아가지요. 그것은 애초에 뿌리 끝부터 썩어버린 위선이며 죄악입니다."

"그래서, 당신이 진짜 원하는 세상이 어떤 세상인데요?"

"악에 찬 인류는 사라지고 선한 사람들만이 살아남는 세상입니다. 나는 그런 세상을 원합니다."

천월령은 고개를 가로저었다.

"악으로 악을 처단한다… 글쎄요, 세상은 그렇게 쉽게 청소할 수 없어요."

"알고 있습니다. 난 처음부터 이 세상을 재창조하는 일이 그리 쉬울 것이라 생각한 적 없습니다. 다만 일말의 희망이 있다면 포기할 수 없다는 것이 나의 생각이었죠."

"후후, 그래요. 한번 잘해봐요."

"고마워요."

가만히 아들과 아버지를 바라보던 천월령이 물었다.

"그런데 말이죠, 나와 내 남편은 과연 어떻게 될까요? 당신이 말하는 그 재창조의 날이 도래하게 되면요."

그녀는 미묘한 웃음을 지었다.

"후후, 글쎄요."

두 여자는 한동안 그렇게 서로를 바라보며 생각에 젖어 있었다.

이른 아침, 미카엘의 방이 꽤 부산스럽다.

옷장은 다 열려 있고 신발장에 들어 있던 각종 운동화와 구두가 죄다 쏟아져 나와 전쟁터를 방불케 했다.

"이게 좋은가, 아님 이게……?"

"…도대체 몇 시간째야? 그러다가 기다리던 사람 먼저 가버리겠어."

"시끄러워! 좀 나가 있어!"

"쿡쿡, 오빠 오늘 데이트하는 거야?!"

"…시끄럽다고!"

미카엘은 두 동생을 방에서 쫓아내 버렸다.

"그냥 좀 나가!"

"오빠, 우리도……."

쾅!

거칠게 문을 닫아버린 미카엘은 결국 가장 자신다운 옷을 선택했다.

"그래, 난 원래 MC니까 래퍼다운 복장이 최고지."

그는 동네 친구들과 어울릴 때마다 입는 펑퍼짐한 박스 티에 힙합 바지를 입고 스냅백을 썼다.

여기에 커다란 금색 목걸이에 손수건과 두건으로 멋을 내니 완벽한 래퍼로 변신할 수 있었다.

"으음, 좋아!"

저번에는 미처 자신의 색을 다 보여주지 못했다고 생각한 미카엘은 소냐가 자신의 진면목을 찾게 될 것이라고 확신했다.

그는 복색에 맞게끔 위아래로 리듬을 타며 건들건들 밖으로 나왔다.

미카엘은 자신이 가장 존경하는 래퍼의 노래를 스피커폰으로 틀어놓고 밖으로 나왔다.

"나나나, 나나, 나나나나, 나나나나……."

허밍으로 노래를 따라 부르며 거리를 거닐고 있자니 스스로 흥겨워 지금껏 쌓아두었던 랩이 마구 쏟아져 나오는 미카엘이다.

뒷골목에서 흑인 친구들과 함께 노래하고 춤추는 것이 세상에서 가장 행복하다고 생각하는 그에게 노래는 일상이었다.

하지만 그에겐 라이트플라워 그룹이라는 거대한 기업을 이끌어야 하는 굴레가 항상 압박처럼 다가오고 있었다.

그는 자신의 개성을 표현하고 자신만의 세계를 뽐낼 수 있는 힙합이라는 것이 너무 좋았지만 현실은 그리 녹록지 않았다.

자신이 하고 싶은 것을 하려면 수백, 수천 배 노력해야 간신히 조금의 시간을 얻을 수 있었다.

더군다나 그의 어머니는 아들을 완벽한 명화방의 방주로 키워야 한다는 사명감 때문에 24시간 그를 따라다니며 잘못에 대해 채근하곤 했다.

그런 그에게 지금 이 시간은 그 어떤 것보다 소중하고 고귀했다.

그는 길거리를 지나다가 친구들을 만났다.

"헤이, 브로!"

"어디를 그렇게 급하게 가는 거야? 간만에 배틀 한번 해볼까? 디스전도 좋고."

"됐어. 약속이 있어."

"워허허! 약속? 데이트하러 가는 거야?"

"뭐, 그렇다고 볼 수 있지."

"드디어 우리의 숫총각 미카엘이 총각 딱지를 떼는 건가?"

"시끄러워, 이 검둥이들아."

"큭큭, 잘 다녀와. 여기서 기다리고 있을게."

"그래, 고맙다."

친구들은 그에게 블루투스 스피커를 건넸다.

"요즘엔 이런 것을 주머니에 끼우고 다녀야 좀 살아."

"오오, 이런 물건이?"

"특별히 빌려줄게. 대신 다녀오면 배틀이야."

"좋지!"

주머니에 블루투스 스피커를 척 걸치고 나니 스웨그가 훨씬 더 살아나는 느낌이다.

쿵쿵쿵, 짝짝짝!

"오오, 좋은데?!"

"잘 다녀와!"

"고마워!"

그렇게 친구들을 등진 미카엘은 그루브 넘치는 걸음으로 뉴욕 타임스퀘어로 향했다.

　　　　　＊　　　　　＊　　　　　＊

타임스퀘어의 활기는 이제 막 정오를 넘긴 시간임에도 불구하고 사그라질 기미를 보이지 않았다.

브룩클린 뒷골목의 힙합도 좋지만 미카엘은 이렇게 시가지로 나오는 순간이 너무나 좋았다.

스스로가 살아 있다는 것을 느낄 정도로 아주 가슴 벅찬 순간이라고 할 만했다.

"으음, 좋아!"

사람들 틈바구니에 끼어 나 홀로 힙합을 즐기던 그의 눈에 소냐가 보인다.

그녀는 미카엘에게 수줍게 손을 흔들었다.

"안녕……."

"벌써 왔어?"

"응, 그렇게 됐어."

얼마 전, 집에서 저녁을 먹고 난 후 서로에 대해서 조금 더 많이 알게 된 두 사람은 본격적으로 편안한 관계로 접어들게 되었다.

소냐는 일본계 미국인으로 아버지가 동북아시아 외교관으로 복무하고 있으며, 지금은 브룩클린 동부에 있는 외국인 학교에 다닌다고 했다.

친구들과 함께 시가지에서 놀다가 집으로 돌아가는 길에 봉변을 당한 그녀는 마이클에게 호감을 느끼게 되었다고 고백했다.

이것이 말로만 듣던 연애의 시작인지는 마이클도 알 수가 없었으나, 이제 마이클도 남들이 다 하는 데이트를 처음으로 하게 된 것은 확실했다.

소녀는 그의 패션에 대해 칭찬 일색이다.

"이게 말로만 듣던 스웨그인가?"

"뭐, 그렇다고 볼 수 있지. 힙합은 내 영혼의 일부거든."

"어머나, 그렇구나!"

아마도 그녀는 마이클이 뭐라고 하든 간에 그의 말이라면 꿀처럼 들릴 것이 뻔했다.

그는 그녀를 데리고 길거리 공연이 한창 열리고 있는 브로드웨이로 향했다.

뺌빠바밤!

비보이들이 길거리로 나와 공연을 펼치는 동안 주변에 서 있던 래퍼들은 모자를 들고 다니면서 동전을 모았다.

마이크나 악기 하나 없이 오로지 입으로 비트박스를 구성한 래퍼, 춤꾼들이 벌이는 버스킹은 사람들의 시선을 사로잡기에 충분했다.

마이클은 자신의 주머니에서 100달러짜리 지폐를 한 장 꺼내 모자 안에 집어넣었다.

"피스!"

"고마워, 브라더!"

소냐는 그런 마이클을 바라보며 한껏 미소를 지어 보였다.

짝짝짝!

"멋있어!"

"하하, 고마워."

한참을 그 자리에 서서 공연을 즐기던 두 사람은 이제 슬슬 출출해져 브런치로 허기를 달래기로 했다.

그는 자신이 자주 가는 미국식 핫도그 가게를 찾았다.

"예, 브로!"

"마스터, 여기 할라피뇨 핫도그 하나랑 허니머스타드 핫도그 하나! 음료수는 제로 칼로리 콜라로."

"하하, 여자를 배려할 줄 아는군. 여자들은 항상 다이어트에 민감하지."

마스터라고 해봐야 마이클과 몇 살 차이 안 나 보이지만 그는 데이트에서 절대로 해선 안 되는 조언을 아낌없이 해주었다.

"너무 몸으로 들이대려 하지 마. 여자가 스스로 받아들일 때까지 기다려. 그게 진짜 스웨그야."

"아아!"

"자, 여기 핫도그! 여자는 입에 묻는 것을 싫어하니 접시에 담아서 예쁘게 잘라줘."

"역시!"

"피스!"

핫도그 가게의 주인에게 일회용 접시와 나이프, 포크를 받아온 미카엘은 그녀가 먹을 허니머스타드 핫도그를 손수 잘라주었다.

슥슥!

"이곳 핫도그는 그냥 핫도그가 아니야. 나 같은 뉴욕 토박이만이 알 수 있는 우리 동네의 영혼이 담겨 있다고나 할까?"

"아아, 그래?"

"다른 대도시의 가짜 양키들은 몰라. 나 같은 알짜배기 양키들만 알 수 있지."

"그런 깊은 뜻이 있는 줄은 몰랐어."

"하하, 너도 이제 곧 우리 양키들의 진짜 스웨그를 이해하게 될 날이 올 거야."

뉴욕에서 태어나 자란 미카엘은 이곳이 대도시라는 생각보다는 아주 많은 영혼이 모여 사는 하나의 장이라고 생각했다.

그는 양키라는 말에 아주 깊은 자부심을 가지고 있었으며, 그 때문에 싸움을 벌인 적이 한두 번이 아니었다.

그만큼 그에게 양키라는 단어는 중요한 의미였다.

[양키즈 핫도그]

미카엘은 나이프에 적힌 로고를 그녀에게 보여주며 말했다.

"이게 이 집의 로고야. 언젠가는 이 로고가 미국 전역에 나부끼게 될 날이 올 거라고."

"멋있다!"

핫도그 가게 청년이 엄지를 척 들어 보였다.

"피스!"

"A~ 맨!"

척 보기에도 자유로워 보이는 미카엘의 영혼은 양가의 규수와 같은 그녀에겐 신비로운 경험인 모양이다.

그녀는 매번 웃음이 끊이지 않았고, 미카엘은 평소보다 훨씬 더 수다스러운 모습을 보였다.

＊　　　　＊　　　　＊

늦은 밤, 미카엘과 소냐는 아쉬운 발걸음을 옮기고 있었다.

"…들어가기 싫어."

"나도."

"오늘 너무 즐거워서 그런가? 너와 떨어지는 것이 너무 싫어."

"…나도."

그녀는 미카엘의 손을 꼭 잡았다.

"미카엘, 난 너와 함께라면 무엇을 해도 괜찮아."

"무, 무엇을 해도 괜찮다니?"

"…알잖아. 남자가 부끄럽게 왜 그런 것을 물어?"

꿀꺽!

미카엘은 그녀가 지금 무엇을 말하고 있는지, 그리고 이것이 무엇을 뜻하는지 너무나도 잘 알고 있었다.

순간 그는 이 기회를 놓치면 언제 또 그녀와 함께 밤을 보낼 수 있을지 모른다고 생각했다.

그는 그녀의 손을 잡아 이끌었다.

"…호텔로 가자."

"호, 호텔? 그렇지만 우리는 미성년자인걸."

"알아. 잘 아는 호텔이 있어. 우리 집안의 삼촌이 PK호텔의 VVVIP야. PK그룹의 수장과 절친한 친구지. 그 친구가 말했어. 만약 자신을 필요로 하는 날이 온다면 꼭 찾아오라고. 오늘이 바로 그날인 것 같아."

"하지만 그렇게 잘 아는 사람이라면 분명 부모님께 전화를 할 텐데?"

"…아아!"

"어딘가 비밀스러운 장소가 없을까?"

깊은 고민에 빠져 있던 미카엘이 불현듯 한 곳을 떠올렸다.

"아아, 친구들과 만든 아지트가 있어!"

"그곳에는 친구들이……."

"그렇다면 우리 아버지 차고?"

"거긴 차고라서……."

"으으음!"

머리를 굴리고 굴리던 미카엘은 마지막으로 한 장소를 떠올렸다.

"우리 집안의 대서고가 있어. 그곳에는 우리 집안의 족보가 있어서 외부인은 못 들어와. 홍채 인식과 지문 인식으로만 들어갈 수 있지."

"그럼 너도 들어갈 수 있어?"

"물론. 나도 가문의 일원이니까."

"하지만 내가 그곳에 들어가면 천벌을 받지 않을까? 가문의 족보가 있는 곳인데……."

"괜찮아. 족보가 있는 곳까지 들어가지 않으면 상관없을 거야. 대서고는 할아버지께서 이따금 측근들과 술을 마시는 곳이기도 해서 사람이 평생 묵어도 될 정도로 편의 시설과 숙박 시설이 잘 구비되어 있거든. 그런 것을 생각하면 네가 들어가도 상관없지 않을까?"

"어머나, 그럴까?"

그녀는 미카엘의 목덜미에 키스를 했다.

아주 끈적끈적하고도 진한 키스가 그의 목덜미를 스치자 혈기왕성한 미카엘의 이성은 스르르 그 끈을 놓아버렸다.

"가, 가자! 할아버지와 그 측근들은 지금 바빠서 대서고에 들를 시간도 없을 거야. 우리가 그곳에 있다는 사실은 우리 어머니도 상상하지 못할 것이고."

"좋아, 오늘 너에게 내 모든 것을 줄래."

"…어서 가자!"

그는 택시를 잡아타고 뉴져지로 향했다.

*   *   *

명화방의 대서고가 뉴져지에 있는 것은 그들이 처음 미국에 이주했을 때와 아주 밀접한 연관이 있다.

처음 라이트플라워 컴퍼니가 유럽과 아라비아 등지에 가지고 있던 세력을 아메리카 대륙으로 옮기고 그곳의 분파만 남겨둔 것이 독립 전쟁 당시의 일이다.

그때 라이트플라워 가문은 뉴욕에 그 기반을 두고 무기를 조달했으며, 영국 왕실과의 전쟁을 치렀다.

명화방의 중앙 지부가 거의 완파될 뻔한 위기가 몇 번이나 찾아왔지만 유럽과 아라비아반도 등에서 뿜어내는 뒷심으로 위기를 벗어나 지금의 완전체를 되찾게 된 것이다.

그들은 죽어간 방의 동료들을 기리는 의미에서 뉴저지에 대서고를 짓고 그곳에 명화방의 모든 가문에 대한 족보를 보관하게 되었다.

대서고는 명화방의 일원이 쉬어가는 곳이기도 하지만 그들만의 성지이기도 했다.

삐비비빅!

[홍채를 인식합니다]

미카엘은 산을 깎아서 만든 대서고의 입구에 홍채를 인식시키고 지문을 스캔하였다.

―반갑습니다, 미카엘 님.

"됐다!"

"어머나, 다행이다!"

"이제 우리는 이곳에서 하루를 보낼 수 있겠어."

"…난 하루가 아니라 며칠이라도 괜찮아."

"그, 그래? 나도 그래."

풋풋한 소년과 소녀의 사랑이 꽃피는 이곳에는 7성급 호텔의 스위트 룸과 맞먹는 숙소가 25개이며 4천 평 규모의 술 창고와 각종 편의 시설이 전부 다 구비되어 있었다.

지금은 관리인이 퇴근하고 잠을 자는 시간이기 때문에 두 사람이 들어왔다는 사실을 아무도 모르고 있을 것이다.

그는 숙소 중에서 가장 화려한 곳을 골라 들어갔다.

"킁킁, 좋은 냄새가 나! 이게 무슨 향수지?"

"아라비아산 향수야. 우리 할아버지가 즐겨 쓰시는 물건이지."

"멋있어!"

"나도 그렇게 생각해."

방 안으로 들어선 소년과 소녀는 잠시 서로를 바라보았다.

"미카엘……."

"소냐!"

두 사람은 격정적으로 입을 맞추면서 본능적으로 옷을 홀러덩 벗었다.

그녀는 부끄러운 눈으로 미카엘을 바라보았다.

"…부끄러워. 씻고 올게."

"그럴래?"

"잠시만……."

미카엘은 두근거리는 심장을 진정시킬 방법이 도저히 떠오르지 않았다.

과연 미성년자인 자신이 이래도 되는 것인가 싶다가도 그녀의 얼굴만 떠올리면 이성의 끈을 놓고 말았다.

'그래, 일단 저지르고 보자!'

어린 날의 불장난이 얼마나 무서운 결과를 가지고 올지 그는 아직 온전히 깨닫지 못하고 있었다.

하지만 운명의 실타래는 두 사람을 하나로 엮고 그 가혹한 짚 더미에 불을 붙이고 있었다.

*   *   *

이른 새벽, 명화방의 대서고로 여덟 개의 신형이 날아들었다.

파밧!

이 신형들은 아주 살짝 열려 있는 대서고의 문틈을 비집고 들어와 타인에겐 금역이나 마찬가지인 족보 서고로 향했다.

족보 서고에는 수많은 가문의 일원이 잠들어 있었는데 그중에서도 여덟 명의 신형은 천가의 이름을 찾아 나섰다.

"천 씨다. 천 씨의 성을 가진 사람은 죄다 털어라."

족보는 천잠사와 비단으로 만든 두루마리에 글로 써 내려갔는데, 두루마리 하나에 대략 3~4명의 이름이 적혀 있었다.

이 이름에는 그들의 약력과 업적 등이 적혀 있어서 두루마리 하나만 확인해도 그가 어떤 사람이었는지를 대략적으로 파악할 수 있었다.

여덟 명의 신형이 무려 450개나 되는 두루마리를 가방에 집어넣었다.

"이 정도면 되려나?"

"얼추 맞는군. 이 정도면 됐어."

"거참, 씨를 많이도 뿌렸어. 이렇게 자식이 많아서야 어느 세월에 그것들을 찾아내지?"

"별수 있나? 까라면 까야지."

바로 그때, 한 소년이 두 눈을 비비며 서고로 다가왔다.

"어, 어라?"

"제기랄! 깬 모양인데?"

"별수 없지. 놈을 저세상으로 보내 버리는 수밖에."

"그, 그래도 괜찮을까?"

"우리 얼굴을 보았는데 살려두면 나중에 두고두고 후환이 될 거야. 죽여 버려!"

스릉!

여덟 명의 사내가 검을 뽑아 들자 소년은 퍼뜩 정신을 차렸다.

"이놈들, 도대체 이곳에 어떻게 들어온 것인지는 모르겠지만 불순한 의도로 잠입한 것만은 확실하구나! 오늘이 네놈들의 제삿날이다!"

"큭큭, 입은 살아 있군. 쳐라!"

휘리리릭!

여덟 개의 검이 소년을 향해 날아들었지만, 그는 당황하는 기색이 없었다.

"건곤일식, 파!"

퍼엉!

오히려 소년은 장을 뻗어 사람 두 명이 쭉 뻗어 날아갈 정도의 위력을 냈다.

"허억?!"

"이놈, 조그만 놈이 꽤 하는 것 같은데?"

"하여간 명화방의 꼬맹이들은 죄다 독종이야. 어떻게 이렇게 어린놈이 장풍을 다 쏠 수 있지?"

"시끄럽다! 모두 다 죽여주마!"

아무리 성인이 되려면 멀었다지만 그간 쌓아온 공력이 만만치 않으니 여덟 명의 사내들은 방심을 할 수가 없었다.

"이런, 일이 좀 꼬이게 생겼는데?"

"꼬이긴 뭘 꼬여? 이제 곧 놈이 죽을 텐데."

"아니, 그게 아니야. 저곳을 좀 봐."

대서고에는 이미 경보가 발동되어 경비 병력이 들이닥칠 것임을 시사하고 있었다.

이제 곧 이곳의 문은 봉쇄되고 개미새끼 하나 빠져나가지 못하도록 사람들이 빽빽하게 달려들 것이 분명했다.

"대장, 이젠 어쩌지?!"

"어쩌긴, 저놈을 그냥 무시하고 지나가야지."

"그러다가 한 놈이라도 꼬맹이에게 걸리면?"

"멍청한 놈, 그렇게 된다면 그놈은 필요가 없는 녀석이다. 얼마나 능력이 없으면 저런 꼬맹이에게 붙잡히겠어?"

"그, 그런가?"

"자, 간다!"

족보를 훔쳐서 달아나려는 그들에게 소년은 다시 장을 뻗었다.

"흥, 그렇게 쉽게 도망칠 수는 없을 것이다!"

소년은 붉은색 기를 갈무리하여 하나의 폭발적인 물결로 재탄생시켰다.

"마권장!"

콰과광!

이제 막 영글기 시작한 마권장이었지만 그 파괴력은 상상을 초월할 정도였다.

"크으윽! 보통이 아닌데?!"

"시간이 별로 없다! 이럴 바엔 차라리 이놈을 죽이고 함께 빠져나가자!"

"오케이!"

바로 그때, 소년의 등 뒤로 아주 날카로운 얼음 창이 하나 날아왔다.

휘릭!

퍼어어억!

"으아아악!"

"…소냐?"

순간, 소년의 얼굴에 경악이 스쳤다.

"소, 소냐라고? 나를 찌른 사람이 바로……."

"이런 애송이 하나 처리하지 못하다니, 밥을 떠 먹여줘도 못 먹는 놈들이군."

"이런 타이밍에 아이스 랜스라니, 대단해. 역시 천재 마법사는 달라도 다르군."

소년은 고통과 함께 틀어박힌 배신의 응어리로 인하여 가슴이 터져 버릴 것 같았다.

"…도대체 왜?! 왜 나에게 이러는 거야?! 나와 함께라면 뭐든지 좋다면서?!"

"너같이 유치한 허세에 찌든 꼬맹이를 누가 좋아하겠어? 빌어먹을, 내 아랫도리만 더러워졌어."

"……."

"자, 가자. 아가씨가 기다려."

소년은 피를 토해내며 외쳤다.

"쿨럭쿨럭! 소냐! 잠깐 기다려! 소냐!"

그녀는 소년의 외침은 아랑곳하지 않고 그대로 대서고를 나섰다.

*　　　　*　　　　*

대서고가 털렸다는 소식을 듣고 달려온 서고관리팀장 사마철은 피를 쏟으며 죽어가는 소년에게 다가갔다.

"쿨럭쿨럭!"

"도련님! 이런 제기랄! 뭐가 어떻게 된 거야?!"

"아무래도 적의 습격을 받은 모양입니다. 내상은 거의 없고 주변에 불길이 이는 것을 보면 도련님이 무공을 사용하면서 적들을 상대하다가 뒤통수를 맞은 것 같아요."

사마철은 일단 그의 혈도를 점혈하여 피를 멎게 한 후 진기를 수혈하여 외상을 치료하였다.

이제 외과 수술만 제대로 받는다면 소년은 다시 살아날 수 있을 것이다.

하지만 문제는 소년의 눈동자가 상당히 어지럽혀져 있다는 점이다.

"도련님, 정신을 좀 차려보세요. 도련님?"

"……."

"이런 제기랄, 넋이 나갔는데?"

"엄청난 심적 충격을 받은 것 같습니다. 하필이면 이럴 때 소방주님께서 이렇게 되다니……."

"다니엘 이사님께선 지금 어디에 계시지?"

"천검진 님과 함께 독일에 가셨습니다."

"이런 젠장, 방주님도 안 계신 마당에 천검진 님도 출타 중이시라 큰일이군."

"그래도 몸에 큰 이상은 없으니 조만간 정신을 차리실 겁니다."

"후우, 그래, 천만다행이지."

그는 미카엘을 후송차에 실어놓고 대서고의 피해 상황에 대해 물었다.

"없어진 물건은? 비급들은 무사한가?"

"비급 창고까지 들어가려면 혈액 인증이 필요합니다. 저들이 비급 창고를 습격하지는 못한 것 같습니다."

"흐음."

"하지만 천가의 족보가 통째로 없어졌습니다."

"…천가의 족보가?"

"라이트플라워라는 성씨로 바꾼 이후의 족보는 고대로 남아 있습니다만, 그전의 족보는 전부 다 털렸습니다."

"다른 족보들은?"

"무사합니다."

"남의 집안 사에 관심이 많은 놈들이군. 왜 하필이면 족보를?"

"그러게 말입니다. 족보로 할 수 있는 것이 뭐 있다고 족보를 가지고 갔을까요?"

그는 침입자들을 추격하는 데 전력을 가하기로 한다.

"일단 도련님께서 깨어나시는 대로 사정 청취를 하고 우리는 CCTV 화면을 토대로 도망자들을 추격한다."

"예, 이사님."

사마철은 현장을 수습한 후 미카엘을 데리고 라이트플라워 대학 병원으로 향했다.

*   *   *

독일 벡스터 문화회관 지하에 혈옥이 펼쳐지고 있다.

퍽퍽퍽!

"전선이 밀리면 우린 모두 끝입니다! 버텨요!"

"알고 있습니다만, 쉽지 않습니다! 가란델인지 뭔지 하는 놈이 너무 강력해요!"

가란델은 명화방의 고수들이 만든 검진을 종횡무진 누비면서 유격전을 펼치고 있어 악의 시종들에게 포지션을 점점 하나씩 내어주고 있는 판국이었다.

태하는 가란델 때문에 지하 시설의 패닉 룸을 빼앗길 수도 있겠다 싶었다.

"빌어먹을 자식 같으니. 저런 누더기 좀비 같은 자식에게 당하는 것도 이젠 신물이 다 나는군."

"신물이 나도 어쩔 수 없습니다. 최대한 버티는 수밖에."

바로 그때, 후방에서 천하마술단의 마법사들이 떼거리로 몰려왔다.

쉬이이이익!

"파이어볼트!"

퍼엉!

화르르르륵!

순식간에 주변을 불바다로 만드는 그들의 저력은 제아무리 천검진을 가진 태하라고 해도 당해내기 힘들었다.

"크윽!"

"큰일이군요! 가란델 한 명으로도 벅찬데 마술단까지 합세하다니!"

"…아무래도 오늘은 정말 살아남기 힘들 것 같은데요?"

"그러게 말입니다."

태하는 일단 가란델의 발을 묶는 것이 급선무라고 생각했다.

"일단 가란델부터 처치하고 천하마술단원들을 처리하는 것이 옳을 것입니다. 우리의 모든 화력을 놈에게 집중시키고 일부 고수들이 검막을 쳐서 마술단으로부터 일행을 지켜내는 겁니다."

"후우, 쉽지는 않겠군요."

"처음부터 쉽지 않은 침투였습니다. 그래도 우리가 벌인 일이니 절반은 우리에게 책임이 있지요."

태하는 만년빙백진을 발동하기로 했다.

"만년빙백진을 칩시다!"

"예, 천검진 님!"

"제1식!"

"공명!"

태하의 진두지휘에 따라서 만년빙백진의 화력이 가란델을 향했다.

"폭풍빙섭!"

촤라라라라락!

북해신공의 비기인 폭풍빙섭의 순백색 눈보라가 가란델을 향하자, 그를 따라 수십 개의 검기가 날아갔다.

콰광!

가란델은 일제히 떨어진 검기를 맞으며 창을 휘둘렀다.

"크흑! 크흐흐, 재롱을 제법 떠는구나! 하지만 그런 재롱도 여기까지다!"

그는 창을 들고 풍차처럼 회전하며 만년빙백진을 파괴하였다.

"차륜회전격!"

부우우우우웅!

사방으로 뇌전을 흩뿌리며 돌아가는 차륜의 풍차는 무식하게 만년빙백진을 정면으로 들이받았다.

끼기기기긱!

마치 쇠가 갈리는 소리가 들리면서 검진이 흔들리자, 태하는 검진을 방어진으로 바꾸었다.

"제5식!"

"방패!"

검막을 넓게 펼쳐 방패처럼 만든 후 그 뒤를 창을 든 고수들이 든든히 받쳐주는 형식이 바로 방패진이다.

방패진 너머에서 생겨난 창격은 물론이고 화살까지 전부 가란델을 향했다.

피융!

퍼억!

"크허억!"

"한 발 명중했습니다!"

"좋아, 효과가 있는 것 같군요! 한 방 더 보냅시다!"

"예!"

초 씨 일가는 조금 더 정교하게 활을 겨누어 일제히 일격필살수를 쏘아냈다.

"일격필살수!"

피융!

퍽퍽퍽퍽퍽!

일격필살수는 일격에 무려 7할에 달하는 공력을 실어 보내는 궁술로 제대로 맞으면 현경의 고수라도 이제 막 초화경에 이른 초수에게 죽음을 맞이할 수 있는 기술이었다.

이런 일격필살수가 무려 50발이나 앞으로 쏘아져 나갔다.

"…치사한 놈들!"

총보다 무서운 것이 바로 내공을 실은 화살이다.

제아무리 천하의 가란델이라고 해도 초 씨 일가의 일격필살수에 맞고는 거동을 제대로 할 수 없을 것이다.

퍼억!

"크허억!"

"심장에 두 발 박혔습니다!"

"일제히 공격!"

"와아아아아!"

간신히 가란델의 발을 묶은 명화방의 고수들은 그의 사혈에 기를 집중시켰다.

"백혈수!"

피융!

북해신공의 수타공인 백혈수가 가란델의 사혈을 향해 날아가 적중했다.

퍼억!

"쿨럭쿨럭!"

검은 피를 토해내는 가란델의 머리가 이내 부풀어 오르더니 끝내는 폭발을 일으켰다.

콰앙!

"으윽, 뇌수가……."

"죽을 때도 아주 더럽게 죽는 놈이군."

"자, 이젠……."

바로 그때, 죽어버린 가란델의 위로 무려 열 발이나 되는 미사일이 떨어져 내렸다.

피유우우우우웅!

"어, 어라?"

"미사일?!"

"도대체 왜 이곳으로 미사일이……."

"어서 피해요!"

명화방의 고수들은 경호원과 제노니스의 조직원들을 한 명씩 데리고 자리를 피했으나 후폭풍에서 벗어날 수는 없었다.

　콰앙!

　"크아아아악!"

　여기저기에서 비명이 난무하였고, 태하 역시 화마에 휩싸여 정신을 잃고 말았다.

4. 유격전

독일 뮌헨의 벡스터 문화회관 지하에 거중기와 초대형 트레일러가 대거 동원되고 있다.

지이이이잉!

피투성이가 된 가란델의 곁에 선 일레이나가 만족스러운 미소를 짓고 있다.

"후후, 드디어 네가 한 건 했구나."

"……"

일레이나의 만족스러운 미소를 바라보던 한 젊은 청년이 물었다.

"이 물건은 어떻게 해체하면 좋을까?"

"글쎄, 그건 과학자들의 몫이죠."

"자네 역시 과학자 아니었나?"

"이건 분야가 좀 다르다고나 할까요?"

"하긴, 그건 그런 것 같군."

잠시 후, 청년에게로 네 명의 여인이 다가왔다.

척!

"카미엘 님, 준비가 모두 끝났습니다."

"그래, 가지."

카미엘을 필두로 모인 네 명의 여인은 각각 빨간색, 파란색, 흰색, 노란색의 머리색을 하고 있었는데, 그 눈썹과 눈동자가 머리색과 같았다.

일레이나는 돌아선 카미엘을 뒤로한 채 트레일러 운전기사들에게 말했다.

"이것을 우리의 전용 수송기로 옮기고 만약 목격자들이 생긴다면 그 자리에서 즉시 사살할 수 있도록."

"그냥 다 죽입니까?"

"살려둘 필요 있나? 어차피 다시 되살릴 것이다."

"예, 알겠습니다."

그녀는 이제 전화를 들어 자신이 가장 궁금해하는 것에 대해 알아보기로 했다.

"접니다."

—성공했습니다. 지금 족보에 나온 사람들은 물론이고 그 주변 사람들까지 전부 다 조사해서 무덤을 파내는 중입니다.

"후후, 드디어 해냈군요. 역시 이쪽으론 당신을 따라갈 사람이 없다니까요."

—…고맙군요.

"하여간 잘되었습니다. 이쪽도 일이 마무리될 듯하니 제가 그쪽으로 가겠습니다. 샘플은 어떻게 채취하는지 잘 아시죠?"

—그걸 가르친 사람이 접니다.

"그래요. 믿겠습니다."

전화를 끊은 그녀의 표정이 아주 밝다.

"후후, 드디어……!"

일레이나는 가벼운 발걸음으로 자신의 전용 헬기에 몸을 실었다.

* * *

중국 북경의 한 지하실.

쿵쿵쿵!

15층 건물이 세워진 이곳의 지하실은 원래 명화방의 제6대 방주가 묻힌 묘지였다.

명화방은 가족묘를 따로 만들지 않고 그의 유언에 따라 시신을 안장했는데, 6대 명화방주는 자신의 아내가 묻힌 이 자리에 그대로 잠이 들고 싶다는 유언을 남겼다.

때문에 옛 무덤가에 도심이 세워지는 공사가 한창일 때에도 무덤을 이장하지 않고 그대로 건물을 올려 버린 것이다.

수백 년 동안 이 무덤가는 그 어떤 누구의 간섭도 받지 않았지만, 오늘 이방인들의 손에 의해 빛을 볼 것이다.

콰앙!

붉은색 불길이 일렁이는 망치를 든 사내들이 무려 열 네 시간 만에 벽을 허물었다.

"후우, 쉽지 않군."

"대단한 놈들이야. 이런 것을 도대체 다 어디서 구한 것이지?"

"원래 예전부터 명화방은 희망봉을 시작으로 동북아시아까지 손을 뻗치지 않은 곳이 없을 정도로 넓은 상권을 가진 집단이었다. 이 정도 물건을 구하는 일은 식은 죽 먹기보다 더 쉽다고."

"아아, 그렇군요."

무너진 벽을 밟고 서 있던 천월령은 명화방을 상징하는 불길 문양을 바라보며 낮게 읊조렸다.

"너무 원망하지는 마십시오. 나라고 이런 일이 좋아서 하는 것은 아니니."

그녀가 불길 문양이 새겨진 관 뚜껑을 열자 그 안에는 창백한 안색에 새빨간 머리색을 가진 남자가 누워 있다.

놀랍게도 6대 명화방주는 수백 년이 지난 지금도 바로 어제 죽은 사람처럼 멀쩡한 형상을 유지하고 있었던 것이다.

천월령은 이렇게 사람이 누워 있는 형상 그대로 부패하지 않을 방법은 단 하나뿐이라는 것을 잘 알고 있다.

"…이 사람의 내단은 아직도 살아 있어. 아마도 천마신공을 익혔겠지."

"천마신공!"

"아마 천마신공의 흡성대법을 극성으로 익히고 건곤대나이 까지 어느 정도 손을 댄 것 같아. 흡성대법이 주변의 진기를 빨아들이고 건곤대나이를 유지시킬 수 있는 진기를 계속해서 내단으로 공급하고 있는 것이겠지. 한마디로 숨만 끊어졌을 뿐, 이 사람은 죽어도 죽은 것이 아니라는 소리야."

"…명교라는 놈들, 무시무시한 무공을 만들어서 사용했군 요."

"나는 비록 그 무공 중에서도 흡성대법을 아무런 대가 없이 익힐 수 있는 특이체질이었지만 이 사람들은 달라. 무시무 시한 무공을 배우기 위해서 아마도 피가 터지는 노력을 했겠 지. 그리고 건곤대나이를 익힐 정도로 대단한 자질도 갖추었을 테고."

"으음, 무공이란 아주 복잡한 것이군요."

"이 세상에는 마법만큼이나 복잡한 것들이 많아. 무학 역시 그에 못지않게 난해한 것이고."

그녀는 여전히 살아 있는 그의 팔을 바늘로 찔러 피를 냈다.

푸욱.

�춰이이이이익!

바늘로 한 번 찔렀을 뿐인데 검붉은 피가 걸쭉한 분수처럼 하늘 높이 튀어 올랐다.

"동맥을 찌른 것 같은데요?"

"아니야. 동맥을 찌른 것이 아니라 지금까지 피가 돌지 않고 뭉쳐 있다가 한 번에 터져 나온 거야. 마지막 심장이 멎었을 때 받은 압력이 이제야 밖으로 밀려 나온 것이지."

"박동 한 번에 이렇게 많은 피를 밀어낼 수 있는 겁니까?"

"무인의 혈맥은 일반인과는 많이 다르다."

"아아, 하긴."

시료를 채취한 그녀는 그 즉시 혈청을 꺼내어 그것을 살짝 갈아냈다.

스륵, 스륵!

그러자 혈청이 6대 방주의 피에 섞이면서 새빨간 불꽃을 일으켰다.

화르르르르륵!

"다른 피군."

"피, 피가 불타다니! 혹시 이 사람이 언데드에 가까워서 그런 겁니까?"

"아니, 이 사람의 혈액에 여전히 무공이 남아 있어서 그래. 같은 계열의 무공이지만 피가 달라서 둘 중에 하나가 타버리는 거지. 아마 천무혁의 피가 훨씬 강력해서 이 사람의 피를 태워 버린 모양이야."

"그렇군요."

그녀는 6대 방주 천지명의 묘소를 나서기로 한다.

"다음 묘소로 가자. 다음 지역은 어디지?"

"한국입니다."

"한국이라……."

"5대 방주는 한국에 묻혔고 4대 방주는 일본에 묻혔습니다."

"천아성은 일본에 잠들었고 천아성의 삼남 천성주는 한국에 묻혔다? 무슨 연관이 있는 건가?"

"자세한 것은 저희들도 잘 모릅니다. 아시다시피 족보에는 연혁과 업적만 나와 있을 뿐 개인사에 대해선 안 나와 있지 않습니까?"

"뭐, 그건 그렇지."

그녀는 이제 이 무덤을 다시 닫아놓고 한국으로 향한다.

"가자. 더 이상 이곳에 볼일은 없어."

"관 뚜껑만 닫아놓고 가면 됩니까?"

"그럼 다시 장례라도 지내주게?"

"하긴."

청년들은 그녀를 따라서 지하실을 나섰다.

*　　　*　　　*

전라도 정읍의 한 사찰 안.

팅팅.

풍령 부딪치는 소리가 아주 고즈넉한 사찰 안에는 두 명의 승려가 한창 참선에 들어가 있었다.

도대체 언제부터 시작된 참선인지 가늠조차 하기 힘든 이 고요한 적막을 깨는 사람들이 있었다.

똑똑.

"계십니까?"

"……?"

잠시 눈을 뜬 늙은 승려가 문을 두드린 사내들을 바라보았다.

"누구십니까?"

"천하마술단에서 왔습니다."

"……?"

"이곳에 천아성의 아들 천성주가 잠들어 있다고 들었습니다. 그 사람의 묘소를 좀 볼 수 있습니까?"

승려는 고개를 숙였다.

"관세음보살. 무슨 일인지 모르겠습니다만 돌아가시죠. 이미 잠들어 저세상으로 떠난 사람의 시신은 건드리는 것이 아닙니다. 다음 윤회에 지장이 있을 겁니다."

"…하여간 한국의 불교는 복잡한 것이 많아서 질색이라니까."

스릉!

천하마술단원들은 검붉은 색깔의 검을 뽑아 들었다.

"그 모가지 달아나지 않으려면 순순히 우리의 말을 듣는 것이 좋을 것입니다."

"자자, 어서 움직이세요. 우리라고 시간이 그리 많은 것은 아니니까요."

"나무아미타불."

바로 그때였다.

스스스스스!

어디선가 붉은색 검기가 화살처럼 날아와 천하마술단원 중한 사람의 어깨를 관통했다.

피융!

"크허억!"

"뭐, 뭐야?!"

"…낮잠을 자는데 시끄러워서 누워 있을 수가 있어야지."

"단주님께서 일어나셨군요. 아미타불."

"주지스님, 언제부터 세명사가 양놈들의 놀이터가 되었습니까? 저런 노린내 나는 놈들은 일찌감치 죽여 없애야 후환이 없습니다."

"허허, 단주님, 그렇게 보이는 족족 사람을 다 쳐내면 어떻게 하시겠다는 겁니까?"

"그렇다고 주지스님의 목이 달아나는 모습을 보고만 있을 수는 없는 노릇 아닙니까?"

"허허."

"아아, 말을 잘못했군요. 백호권의 계승자가 저런 허접들에게 당할 리가 없지요. 주지스님께서 직접 손에 피를 묻히는 꼴을 보고 있을 수만은 없는 것 아닙니까?"

"이 새끼들이 지금 뭐라고 만담을 지껄이는 거야?"

"에잇, 헛소리도 1절만 해라!"

"어찌할까요? 제가 처리할까요?"

"허허, 오랜만에 비홍검술을 구경하는 것도 하나의 재미이겠지요."

"…쩝, 솔직히 백호권을 보고 싶긴 합니다만, 그건 주작단주로서 할 일은 아니겠지요."

청년의 손에는 날카롭게 벼려진 환두대도가 쥐어져 있었는데, 그 길이가 무려 3미터에 달했다.

"허업!"

휘이이이잉!

검 끝에서부터 몰아치던 붉은색 검기가 이내 불길로 바뀌었고, 그 불길은 이내 하늘로 치솟아 천벌을 내렸다.

"천벌화시!"

펑펑펑펑펑!

마치 하늘에서 유성우가 내리기라도 하는 것처럼 수많은 불덩이가 천하마술단원들을 향해 떨어져 내렸다.

잠시 후, 가만히 그 상황을 지켜보고 있던 젊은 승려가 바닥에 장을 쳤다.

"아미타불, 이러다간 절이 불바다로 변하겠습니다!"

콰앙!

그가 장을 치자 땅이 갈라지면서 물의 막이 형성되어 절을 완전히 덮었다.

쏴아아아아아아!

천하마술단원들은 두 눈을 뜨고 보고도 이 광경을 도저히 믿을 수 없다는 듯이 쳐다보았다.

"…여기도 괴물들이 있었군!"

"이, 이러다간 우리 모두 죽겠습니다!"

"제기랄, 저 물의 장막을 뚫고 이곳을 빠져나간다!"

"예!"

열 명의 천하마술단원은 물의 장벽을 뚫고 지나가려 하였으나 보기 좋게 실패하고 말았다.

물컹!

"허, 허억! 몸이 빠져나가질 않습니다! 거대한 젤리 같아요!"

"저 불길을 다 맞아야 한다는 소리인가?!"

"천벌을 받아야 마땅한 놈들은 절대 살아서 이곳을 나갈 수 없다!"

화르르르륵!

천벌화시의 무시무시한 불길이 그들을 덮쳤고, 불길은 순식간에 천하마술단원들을 흔적도 없이 불태워 버렸다.

"끄아아아악!"

"아미타불……."

잠시 후, 비홍검술의 검 끝이 허공을 갈랐다.

"놈, 거기에 숨어서 뭘 하는 것이냐?!"

촤락!

티잉!

허공을 부유하며 상황을 지켜보고 있던 천월령은 화들짝 놀라 물러섰다.

"이런 제기랄! 정방사신단이 이곳에 진을 치고 있을 줄이야!"

천월령은 전력을 다해 몸을 피했다.

"쳇, 다음을 기약하는 수밖에!"

휘리리릭!

그녀는 순식간에 자취를 감추었고, 노승은 감추고 있던 예기를 드러냈다.

"…천하마술단이 또 활개를 치고 돌아다니고 있군요. 명화방을 찾아가야겠습니다."

"아무래도 금번에 일어난 죽은 자들의 난 역시 저들의 소행인 것 같습니다. 스님의 말처럼 명화방주를 찾아갈 필요가 있겠어요."

"일단 해북그룹에 찾아가 사정 설명을 하고 공식적으로 움직이는 것이 좋겠습니다. 단원들을 동원해야겠습니다."

"으음, 중앙단주에게도 연락을 취하는 것이 좋을까요?"

"백두산에서 내려왔다는 기별을 받은 적이 있습니다. 지금쯤이면 한라산에 있겠지요. 금방 찾아갈 수 있을 겁니다."

"잘 알겠습니다."

세 명의 사내는 각자 목표한 곳을 향해 발길을 돌렸다.

　　　　*　　　*　　　*

일본 가나자와에 위치한 해북그룹의 본사로 긴 환두대도를
등에 매단 사내가 찾아왔다.

해북그룹의 비서실은 그가 오는 길목에 서서 네 시간을 기
다렸다가 사내를 맞았다.

"단주님 오셨습니까?"

"회장님께선 어디에 계시죠?"

"지하 수련장에 계십니다."

"그렇군요. 방해가 되지 않는다면 그곳으로 가고 싶군요."

"안 그래도 기다리고 계십니다."

비서실장은 그를 해북그룹 본사 회장 전용 엘리베이터로 안
내하였다.

"이곳으로 오르시면 됩니다."

"고맙습니다."

해북그룹은 한국과 일본, 중국, 러시아를 아우르는 글로벌
무역 집단이다.

대외적으로 알려진 정보가 별로 없어서 그들의 저력을 제
대로 아는 사람은 극히 드물었지만, 그 영향력은 한 분기 경
제를 좌지우지할 정도이다.

그들이 가진 자금력과 유통력, 물류 동원력은 가히 상상을 초월할 정도이기 때문에 마음만 먹는다면 한 나라의 시장 조작과 초대형 주가 변동까지 일으킬 수 있었다.

하지만 지금까지 그들은 한 번도 한 나라에 피해가 되거나 그들의 생활 반경에 영향을 끼칠 만한 일을 벌인 적이 없었다.

해북그룹은 절제와 겸손을 미덕으로 하는 사훈을 세우고 자신들의 힘을 억누르는 행동을 고수해 왔다.

그만큼 해북그룹은 절제의 미학을 잘 아는 사람들이었다.

챙챙챙!

한창 철기가 맞부딪치는 소리가 들리는 가운데 엘리베이터가 멈추었다.

"이쪽입니다."

"고맙습니다."

청년이 지하실에 도착하자, 한 중년인이 왼손에 쥐고 있던 귀면도를 내려놓았다.

그는 땀에 가득 찬 얼굴로 한껏 미소를 지었다.

"이런, 손님이 오셨는데도 마중도 못 나갔군요!"

"아닙니다. 그보다 내공이 더 깊어지셨군요. 이제는 제가 발끝에도 못 쫓아갈 정도입니다."

"하하, 별말씀을요. 비홍검술의 계승자를 따라가려면 아직 한참 멀었습니다."

해북그룹의 회장 안호태가 청년에게 손을 내밀었다.

"아무튼 다시 만나서 반갑습니다, 주작단주님."

"저 역시."

안호태는 지하 연무장 한편에 마련된 정자로 그를 데리고 갔다.

휘이이잉!

자연 지하풍이 불어오는 이곳 연무장은 지친 심신을 달래는 데엔 아주 제격인 곳이었다.

안호태는 자신을 찾아온 주작단주 조세명에게 말했다.

"안 그래도 연락을 드리려던 참입니다. 아시다시피 작금의 사태가 심상치 않다는 것을 잘 알고 계실 것입니다. 그래서 조 단주께서 저를 직접 다 찾아오신 것이고요."

"예, 그렇습니다."

"중앙회주로서 이 일을 좌시할 수 없는 바, 정방사신회를 정식으로 소집하겠습니다."

"백호단주와 현무단주께서 이미 움직였습니다. 그들 역시 일이 잠잠해질 것이라곤 생각하지 않는 것 같더군요."

"천하마술단이 다시 수면 위로 올라왔다는 것은 그만큼 심각한 일이니까요."

조세명은 그에게 회의 소집에 대한 때를 물었다.

"정방사신회는 언제 소집되는 겁니까?"

"내일입니다."

"그렇군요. 그럼 당분간 일본에 머물면서 회의에 참여해야 겠습니다."

"저희 사가에 머무시지요. 해북그룹에서 모시겠습니다."

"하하, 괜찮습니다. 저는 그냥 산에서 지내는 것이 편합니다."

"으음, 그렇긴 하지만……."

"좋은 숫돌 장인이나 소개시켜 주시지요. 저는 그것이면 됩니다."

"오비히로에 좋은 공방이 있습니다. 그곳을 소개시켜 드리겠습니다."

"고맙습니다."

안호태에게 명함을 한 장 받은 조세명은 자리에서 일어나 지하실을 나섰다.

*　　　*　　　*

벡스터 문화회관 지하 수로를 타고 암반층까지 내려온 태하는 피투성이가 된 몸을 차가운 물에 담그고 있었다.

"허억, 허억!"

미사일의 공격에서 간신히 벗어나긴 했지만 내, 외상을 너무 심각하게 입어 족히 일주일은 몸을 운신하지 못할 지경에 이른 태하였다.

그는 미사일 폭발과 동시에 무너진 지하 시설의 지반과 함께 암반층까지 떨어져 내렸는데, 지금은 지하 암반에 고인 웅덩이에서 몸을 회복하는 중이다.

간신히 목숨을 건지긴 했지만 무려 10개국의 정상들이 갇혀 있는 패닉 룸을 빼앗긴 것은 크나큰 타격이었다.

"…큰일이군. 그놈들이 무슨 짓을 벌일지 아무도 모르는데 말이야."

지금 당장 암반을 박차고 나가고 싶었으나, 척추부터 요추까지 전부 다 손상을 입어 손가락을 까딱하는 것조차 힘든 상황이었다.

그나마 기력이 회복될 때마다 뼈가 하나씩 붙고는 있었지만 족히 사나흘은 누워서 자리를 보전해야 할 것 같았다.

그는 주머니에 있는 무전기를 꺼내보았다.

치지지지직!

"누구 없습니까? 아무나 대답 좀 해주세요!"

무전기를 잡고 애처롭게 외치던 태하의 귓가에 누군가의 목소리가 들렸다.

—처, 천겸진 님?

"누구십니까?! 살아 있는 사람이 있었군요?!"

―초화희입니다.

"다친 곳은 없습니까? 몸은 괜찮아요?"

―아무래도 척추가 부러진 것 같아요. 내력으로 회복을 시키고는 있지만 보름쯤 누워서 치료를 받아야 할 것 같군요.

"이런, 저도 비슷한 상황입니다. 그래도 목숨을 건진 것이 천운이라고 해야겠지요."

―그러게 말입니다.

"다른 사람들의 소식은 모르십니까?"

―폭발이 일어났을 때 지반이 함께 무너져 많은 사람이 암반으로 떨어져 내린 것 같아요. 운이 좋다면 이곳에서 나가면서 몇몇 사람과 조우할 수 있겠지요.

"그렇군요."

태하는 이제 슬슬 자신의 단전으로 모여든 일말의 내력이 5번 척추를 이어붙이는 것을 알 수 있었다.

뚜두둑!

"으윽! 이제 좀 움직이기 편해지겠군. 지금 위치가 어떻게 됩니까?"

―잘은 몰라요. 사건 현장에서 대략 100미터 전방으로 팅겨져 나간 것으로 기억합니다. 그곳에서 일자로 떨어졌으니 그 아래에 끼어 있는 것이겠지요.

"으음, 이곳에서 그리 멀지 않습니다. 주변에 지하 암반 호수가 있나요?"

―네, 그 끄트머리에 제가 있어요.

태하는 자리에서 일어나 자신의 앞에 있는 지하 암반 호수를 바라보았다.

이 호수를 따라서 대략 200미터쯤 가면 그녀가 있는 현장에 닿을 수 있을 것 같았다.

하지만 아직 그녀에게 가기엔 다소 무리가 있었다.

"내일이나 모레쯤 제가 그곳으로 가겠습니다. 그때까진 무전으로 연락하면서 지내시죠."

―네, 그래요.

태하는 그나마 자신과 비슷한 처지의 조난자를 만나고 나니 기분이 조금은 나아지는 것 같은 느낌이 들었다.

*   *   *

그날 밤, 태하는 초화희와 무공에 대한 토론을 벌이고 있었다.

두 사람은 검과 활의 길이 서로 같다는 것과 어떻게 하면 그것들을 발전시킬 수 있을지에 대해 토의하였다.

"활은 본디 멀리 있는 적을 처치하기 위해 만들어졌습니다. 검은 근거리에 있는 적을 해치우기 위해 만들어졌고요. 하지

만 서로의 단점을 보완하다 보니 결국에 그 길이 같아졌습니
다. 이것은 활과 검을 함께 수련해도 무방하다는 말과 일맥상
통하는 것이지요."

―흠, 그건 그렇군요. 검과 활은 모두 고도로 집중된 한 방
을 노리는 것이니까요.

"고도로 집중된 한 방이라……."

그녀는 초 씨 세가의 궁술에 대해 설명해 주었다.

―초 씨의 일월궁술은 달빛처럼 차갑고도 날카로운 일격을
주 무기로 사용합니다. 하지만 한 번에 다섯 발, 열 발의 화살
을 함께 쏘아 보내기도 하지요. 이는 검이 다수의 허초와 하
나의 실초를 사용하는 것과 별반 다르지가 않습니다.

"그렇다면 궁술 역시 검기처럼 화살 없이 적을 노릴 수도
있겠군요?"

―아마도 자연경의 경지에 이른다면 충분히 무형의 활을
쏠 수도 있겠지요. 하지만 지금까지 그런 경지에 이른 사람은
단 한 명도 없었습니다.

"그럼 그에 관련된 무공은 있습니까?"

―가문의 비기 중에 무형살이라는 초식이 있어요. 하지만
그 어떤 누구도 살이 없는 궁술을 펼칠 생각은 하지 못했습니
다.

"흠……."

─선대조 중에서 한두 명은 무형살을 사용했다는 기록이 있긴 합니다만, 그 역시 정확한 자료는 아닙니다.

태하는 활을 수련하는 것이 검에 도움이 될 것이라고 생각했다.

"검보다 활이 훨씬 더 높은 집중력을 요한다고 생각합니다. 그것은 무기의 특성 때문에 벌어지는 현상이겠지요. 하지만 제가 활을 수련한다면 정체된 제 무공이 한 단계 성장할 수 있지 않을까요?"

─어쩌면 그럴 수도 있겠지요. 원한다면 활을 가르쳐 드릴 수도 있습니다.

"괜찮겠습니까?"

─어차피 같은 명화방 식구인데 뭐 어때요?

"으음, 그건 그렇지요."

그녀는 태하에게 첫 번째 숙제를 내주었다.

─우리 초 씨 일가는 처음 활을 잡기 전에 하는 것이 하나 있어요.

"그게 뭡니까?"

─물수제비뜨기요.

"물수제비뜨기? 물에 돌을 비스듬히 던져 통통 튕기는 것 말입니까?"

─네, 맞아요. 그 물수제비뜨기요. 우리 초 씨 일가에선 집

중력에 대한 길이 열릴 때까지 물수제비를 뜁니다. 그 이후 정신 통일이 된 다음에야 활을 잡도록 하지요.

"물수제비를 뜬다……."

—일단 물수제비뜨기 역시 자세가 중요합니다.

그녀는 태하에게 물수제비뜨는 자세를 구두로 알려주었다.

—물수제비뜨기나 활이나 쏘는 자세는 비슷합니다. 자신의 어깨 넓이로 발을 벌린 후 고개를 지지대 역할을 할 팔 쪽으로 돌립니다. 그런 후에 몸을 곧게 세우고 지지대 역할을 하는 팔을 귀에 딱 가져다 붙여 하늘을 찌르듯이 올리는 거죠. 여기까진 기본적으로 두 자세가 같습니다. 하지만 여기서 활시위를 걸고 활을 당기느냐, 돌을 집어 던지느냐가 갈리는 것이지요.

"아하, 그렇군요."

—하지만 조심할 점은 물수제비뜨기나 궁술이나 살을 던질 때에 몸이 흔들리지 않아야 한다는 겁니다. 이것은 정신일도가 되었을 때 가능한 점이니 잡념을 최대한 비우는 것이 좋아요.

태하는 머릿속으로 자신이 물수제비뜨는 상상을 해보았다. 하지만 몇 가지 문제점이 발생했다.

"하지만 말입니다, 물수제비뜨기는 돌을 집어 던질 때 필연적으로 몸이 회전되면서 팔이 흔들립니다. 어떻게 이게 흔들리지 않을 수 있죠?"

—집중력의 차이입니다. 완벽한 평행을 잡은 상태에서 정
신력이 흐트러지지 않는다면 물수제비뜨기로 과녁도 맞출 수
있죠. 오히려 물수제비뜨기로 물체를 맞추는 것이 쉬울 수도
있어요.

"흠, 그런가요?"

—몸이 나으면 제대로 가르쳐 드리겠습니다.

"그래요, 고맙습니다."

태하는 그날 밤 늦게까지 물수제비뜨는 상상을 하며 시간
을 보냈다.

*　　　*　　　*

그 다음 날, 드디어 물에 들어가 수영을 할 수 있을 정도의
몸이 되었다.

좌락좌락!

평영으로 아주 천천히 호수를 부유하던 태하는 저 멀리 피
투성이가 된 채 누워 있는 그녀를 발견할 수 있었다.

그는 조금 더 힘을 내 그녀가 있는 곳까지 단숨에 다가갔
다.

"푸하, 다 왔다!"

"…천검진 님?"

"이런, 상태가 심각하군요. 혼자서 지혈도 제대로 못 했을 텐데 말은 도대체 어떻게 하신 겁니까?"

"정신일도 하사불성, 정신력을 잃지 않으면 못 할 일이 없습니다."

"그래요. 하여간 대단한 의지입니다."

태하는 그녀의 혈도를 점혈하여 피를 멎게 하고 자신의 내공을 조금 수혈하여 그녀에게 원기를 북돋워 주었다.

툭툭, 스스스스!

"으음……."

"이제 좀 나아질 겁니다. 내일이면 운신이 가능할지도 모르겠군요."

"감사합니다. 제 생명을 구해주셨군요."

"당신의 생명은 당신 스스로가 구한 겁니다. 제가 한 일이라곤 그냥 점혈 몇 번 한 것밖에는 없어요."

이제 그녀는 태하에게 본격적으로 물수제비뜨는 방법을 전수하기로 했다.

"그럼 몸도 나았으니 물수제비뜨기에 대해 한번 배워볼까요?"

"잘 부탁드립니다."

척!

태하는 그녀에게 포권을 취했고, 그녀는 작게 고개를 끄덕였다.

배움과 가르침의 예를 취한 두 사람은 본격적으로 물수제비뜨기 강습에 들어갔다.

"오른손잡이신가요?"

"예, 그렇습니다."

"그럼 왼쪽 어깨가 돌을 던질 방향으로 향하도록 서십시오. 그리고 고개를 돌려 정방향을 응시해 주세요."

"네, 알겠습니다."

태하는 어깨가 호수로 향하게 선 후 고개를 정방향으로 돌렸다.

"그 상태에서 다리는 한 족장, 발은 왼발의 옆 날이 어깨의 끝 1/3 지점에 닿도록 해줍니다. 그래야 몸의 중심이 곧게 서고 방향의 전환이 자유로워집니다."

"으음, 그렇군요."

그녀가 가르치는 대로 자세를 잡은 태하에게 칭찬이 쏟아졌다.

"역시 자세가 좋군요. 흐트러짐이 하나도 없어요."

"고맙습니다. 칭찬은 고래도 춤추게 한다고 하지요."

"빈말 아닙니다. 정말 자세가 좋아요. 이래서 검과 활은 일맥상통한다고 하는 모양입니다."

이제 그녀는 태하에게 마지막으로 돌을 던지는 자세에 대해 설명했다.

"자, 이제부터가 중요해요. 왼팔을 수직으로 들어 올리는데, 뒤에 상박이 딱 붙도록 해줍니다. 이 상태에선 팔이 지지대 역할을 해주기도 하지만 방향타 역할까지 해주니 흔들림이 있어선 안 됩니다."

"네, 알겠습니다."

태하는 그녀가 일러준 대로 팔을 위로 정확하게 들어 올린 상태로 잠시 숨을 멈추었다.

"흐읍!"

"호흡을 멈추지는 말아요. 아주 천천히, 아주 천천히 나누어 숨을 쉬는 겁니다."

"후우, 후우."

그녀의 말대로 숨을 천천히 나누어 쉬다 보니 저절로 집중력이 향상되는 것을 느낀 태하이다.

그는 이 느낌 그대로 집중력을 유지하면서 그녀의 얘기에 귀를 기울였다.

"좋아요, 그 상태에서 반대 팔을 뒤로 쭉 뻗은 후 돌을 전방으로 뿌린다는 생각으로 던지세요. 돌이 손을 떠날 때까지 집중하시고 돌이 떠났다고 해서 돌에서 눈을 떼면 안 됩니다."

"네, 알겠습니다."

태하는 아주 깔끔하게 돌을 던져 물수제비를 만들어냈다.

촤좌좌좌좌좌촥!

순간, 그는 삐끗 중심을 잃고 쓰러졌다.

그러자 그녀는 태하에게 거침없이 질타를 날렸다.

"중심을 잃었다는 것은 정신 집중이 제대로 안 되었다는 뜻입니다. 잡념이 많으시군요."

"죄송합니다. 다시 해보겠습니다."

"그래요. 될 때까지 해보는 겁니다. 기왕지사 배우기로 했으니 제대로 배워야죠."

"물론입니다."

태하는 그날 몇백 번이고 돌팔매질에 매진하였다.

5. 활과 검

잔잔한 지하 호수 앞.

태하가 무려 5천 번째 돌을 던지고 있다.

피융!

탄지공도 아니고 그렇다고 장권도 아닌, 그저 단순무식한 돌팔매질만 무려 5천 번이나 계속한 것이다.

하지만 그녀는 여전히 뭔가 마음에 들지 않는 눈치였다.

"정신이 흐트러졌어요. 다시 던지세요."

"네, 알겠습니다."

태하는 그녀가 시키는 대로 끝까지 포기하지 않고 돌을 던지고 또 던졌다.

피융, 피융!

그는 그저 기계적으로 돌을 던지다가 자신의 의식이 공중을 부유하고 있다는 것을 느끼게 되었다.

태하는 공중을 부유하는 의식을 다잡기 위해 애를 썼으나, 이미 그것은 그의 제어를 벗어난 이후였다.

그는 공중으로 뜬 의식으로 자신을 바라보았다.

"허업!"

피융!

그저 기계적으로 돌을 던지고 그녀의 지적에 따라서 자세를 고쳐 잡을 뿐, 그 이상도 이하도 아닌 행동을 반복하고 있었다.

태하는 자신의 그러한 행동이 과연 궁술에 무슨 도움이 될까 싶었다.

'저런다고 실력이 늘까? 중요한 것이 무엇인지도 모르면서 돌을 던지는데.'

순간, 태하의 정신이 빠르게 몸속으로 빨려들어 왔다.

슈우우우욱!

그러곤 그의 의식이 깨어나면서 한 가지 깨달음이 머릿속을 잠식했다.

'이 세상의 모든 무는 애초에 한 갈래에서 뻗어 나간 것이다. 내공과 외공, 그런 것들은 허례허식이 불과한 것, 결국 사람도 자연의 한 부분이니 초식이 아니라 무공의 본질을 꿰뚫는 것이 중요하다.'

그는 어째서 초 씨 세가에서 돌팔매질을 시키면서 정신 수양을 시켰는지 이해가 되기 시작했다.

'돌팔매질은 궁술과 일맥상통하는 부분이 없다. 그럼에도 불구하고 이렇게 돌팔매질을 하는 것은 활과 돌팔매질이 결국엔 무언가를 멀리 던지는 일이기 때문이다. 검과 활 역시 사람이 누군가에게 무력을 행사하고 자신이 원하는 것을 피력하기 위해 만들어진 무술이다. 애초에 상생이나 살생은 무술의 본질이 아닌 것이다. 야생의 동물들을 보라. 그들 역시 자신의 무력을 과시하여 원하는 것을 얻어낸다. 상생 역시 무력을 과시하여 그 상대를 꺾고 사람을 살리는 것이고 살생 역시 무력을 과시하여 사람을 죽이는 것이다. 그러니 인간이 무를 연마하는 것은 자연의 일부분인 셈이지. 인간은 스스로를 무기로 만들어 대자연의 울타리에서 살아가도록 만들어진 것이다. 나 역시 자연이 시키는 대로 살아가고 있을 뿐이고, 무역시 그런 자연의 일부분인 것이다.'

순간, 그의 눈이 번쩍 뜨이면서 몸속의 모든 혈도가 뚫리고 몸 밖으로 검붉은 피가 분수처럼 뿜어져 나왔다.

푸하아아아아악!

"처, 천검진 님!"

"…으허어어어억!"

태하는 분수처럼 튀어 오르는 피를 지혈하려기보다는 그저 자신을 자연에게 맡기기로 했다.

그는 자신의 앞에 있는 물에 엎어져 그 차가움을 느껴보았다.

첨벙!

이제 태하의 몸은 검붉은 피를 내뱉고 다시 맑은 피를 생성해 내기 시작했으며, 물은 그런 그의 재생을 도와주었다.

스스스스스스!

그리고 잠시 후, 태하의 몸이 서서히 공중으로 떠오르더니 음양오행과 천지의 기운이 태하의 몸속으로 빠르게 흡수되었다.

슈가가가가각!

"으으으으윽!"

그의 몸속에선 밝은 빛이 새어 나왔으며 눈과 귀에선 주변 자연 경관의 소리가 저절로 흘러나왔다.

"허, 허억! 저, 저건……!"

"…인간은 본디 자연의 일부분이니 그 일부분이 가지고 있는 것들을 잠시 공유한다고 이상할 것은 없습니다."

"아아!"

이제야 태하는 자신의 앞을 가로막고 있던 장벽을 허물고 드디어 진정한 자연경의 경지에 오르게 되었다.

그가 손을 뻗자 샘물이 뱀처럼 기어 올라와 그녀의 막혀 있던 혈맥 사이로 스며들어 내상과 외상을 치료하기 시작했다.

뚜두두두둑!

"으으윽!"

"물은 치유의 기운을 가졌습니다. 당신의 몸을 치료해 주는 겁니다."

"그, 그렇군요."

이젠 정말 자연과 하나가 되어버린 태하는 그 모든 것을 다스릴 수 있는 능력, 자연경에 이르게 된 것이다.

*   *   *

태하는 자연경에 이르러서여 건곤대나이의 진정한 의미를 깨닫게 되었다.

건과 곤, 땅과 하늘을 본떠서 만든 건곤대나이는 인간은 결국 자연과 자연 사이에 낀 그 일부라는 사실을 설명해 놓은 책자에 불과했다.

그 모든 것을 깨닫고 나면 이 땅 위의 강함과 약함은 그저 하나의 현상에 불과하다는 것을 자연적으로 알게 되는 것이다.

그래서 모든 자연 현상을 뒤엎거나 위상을 변화시켜서 그 힘을 자신이 취할 수 있게 되는 것이다.

그는 건곤대나이의 구결을 사용하여 바람에 몸을 실었다.

휘이이이잉!

자연은 이 세상 그 어디에나 존재하니 그것을 사용하는 자 연경의 경지는 인간에게 한계는 없다는 것을 일깨워 주고 있었다.

바람을 타고 유영하는 태하의 품에는 이제 막 회복기에 접 어든 초화희가 안겨 있었다.

그녀는 마치 물가를 부유하듯이 자유롭게 날아다니는 태 하를 바라보며 감탄사를 아끼지 않았다.

"…인간에게 한계란 없다고 하던데, 그 말이 틀리지 않은 모 양입니다."

"한 가지의 깨달음, 그것만이 온전한 자연경을 완성할 수 있는 요소였던 겁니다. 지금까지 이런 사소한 진리를 미처 깨 닫지 못하고 살았던 것인지 제가 마치 바보처럼 느껴지는군 요."

혈도와 자연이 하나가 되었음으로 태하의 내력에는 이제 한 계가 없어졌으며, 가란델의 반쪽짜리 자연경과는 비교를 할 수 없는 신체 조건을 갖게 되었다.

수치로써 태하를 평가한다면 일전에 비해서 대략 10~15쯤 강해졌다고 볼 수 있었다.

물론 아직까지 초식의 틀을 벗어나자면 몇 번의 깨달음이 더 있어야 할 것이기에 무형의 권과 검을 이루기엔 모자란 상태였다.

하지만 이것만으로도 이미 사부 천하랑을 훨씬 뛰어넘은 태하이다.

잠시 후, 태하와 초화희가 이자르 강 하류에 닿았다.

쏴아아아아아!

굽이쳐 흐르는 이자르 강 하류에 닿은 태하는 이곳에서 생존자들을 찾기로 했다.

그는 강물에 발을 담그고 혈도를 개방하여 이자르 강의 기운을 온몸으로 받아들였다.

스스스스스!

이제 강과 하나가 된 태하는 이 넓은 이자르 강 유역에 어떤 사람들과 생물이 있는지 훤히 꿰뚫게 되었다.

그는 이자르 강 유역에 대략 50명의 생존자가 있다고 판단하였다.

"상태가 어떤지는 모르겠습니다만, 50명쯤 되는 것 같군요. 이들을 데리고 명화장원으로 돌아가야 합니다. 다시 세력을 모아서 천하마술단을 처단해야 합니다."

"하지만 우리가 세력을 다시 규합한다고 해도 천하마술단이 어디로 숨었는지 알 도리가 없습니다. 그들을 쫓아갈 수 있는 방법이 아예 전무하다는 소리죠."

"뜻이 있는 곳에 길이 있습니다. 반드시 방법을 찾을 수 있을 겁니다."

태하는 흩어져 있는 50명의 고수들을 규합하여 다시 명화장원으로 돌아가기로 했다.

*　　　*　　　*

G20 정상회의가 피바다로 변한 후, 대략 일주일이 지난 시점에 전 세계 방송국에 한 개의 인터넷 IP주소가 전달되었다.

천하마술단이라는 이름의 IP주소는 전 세계 어디에서도 찾아볼 수 없는 회선으로, 아무래도 독자적인 인터넷 연결망을 구축한 것이 아니냐는 것이 전문가들의 견해였다.

TV에서는 밀실에 갇혀 있는 각국 대표들의 영상을 송출하면서 자신들의 요구 조건을 들어주지 않으면 대통령이나 총리를 사살하겠다고 밝혔다.

국가의 수장을 살해한다는 것은 실로 엄청난 일이기에 일본을 비롯한 G20 회원국들은 초비상 사태에 돌입할 수밖에 없었다.

일본 외무성에 모인 내각의 구성원들은 이 사태를 타개할 수 있는 방안에 대해 논의하였다.

"미국에 공식적으로 협조 요청을 보냅시다. 그리고 그들의 도움을 받아 총리를 구해내는 겁니다."

"하지만 저놈들이 어디에 처박혀 있는지도 모르는데 무슨 구출 작전을 펼칩니까? 아무리 대단한 능력이 있다고 해도 위치를 모르는 이상에야 아무런 소용이 없습니다."

"그렇다고 이렇게 손 놓고 앉아서 당하고만 있을 겁니까?"

"흠……."

시간은 점점 흘러가고 아무런 대책도 내놓지 못하고 있는 그때, 다시 한 번 영상이 송출되어 왔다.

"부총리님, 영상이 송출됩니다!"

"스크린에 영상을 띄워주세요."

회의실 초대형 스크린에 자신의 얼굴을 당당하게 공개한 사내가 등장하였다.

─반갑소. 나는 천하마술단의 카미엘이라고 하오. 아마 저번 영상에서 내가 등장하였기에 얼굴은 잘 알고 있으리라 생각하오. 그러한 이유로 잡다한 인사치레는 접어두겠으니 이해해 주시기 바라오.

"…저 카미엘이라는 청년, 도대체 어디서 온 사람일까요?"

"정보부는 물론이고 CIA와 MI6에서도 모른다고 하더군요.

인터폴에도 저 사람에 대한 내용은 하나도 없었습니다."

"도대체 어디서 뚝 떨어진 놈이기에 이런 엄청난 일을 저지른 것일까요?"

잠시 후, 카미엘 앞에 일본 총리가 결박을 당한 채 붙잡혀 왔다.

—으으, 으으으……!

"총리님!"

—보시는 바와 같이 그대들의 수장이 내 손에 잡혀와 있소. 그러니 허튼수작을 부릴 생각일랑 일찌감치 접고 내 말에 따르는 것이 좋을 거요.

내각은 총리가 잡혀갔다는 것에 분노하면서도 자신들이 아무것도 할 수 없음에 절망하였다.

"…빌어먹을 자식! 사람의 목숨으로 장난을 치다니, 천벌을 받을 놈이로군!"

"천벌은 내릴 수 있을 때 받는 것입니다. 요구 조건을 한번 들어나 봅시다."

카미엘은 자신이 총리를 TV 앞에 내민 것에 대한 이유를 밝혔다.

—우리 천하마술단은 일본이 우리가 내건 조건을 얼마나 바르게 수용하는지 알고 싶소. 그러니 내가 내리는 지령들을 아주 올바르게 수행하는 것이 좋을 것이오.

그는 자신의 앞에 있는 화이트보드에 일본어로 요구 사항을 똑똑히 적어 내려갔다.

슥슥슥.

그가 적어 내려간 요구 사항은 다음과 같았다.

1. 북해도의 영유권 포기 및 자치단체의 철수.

2. 일본해 북부와 중부의 영해권 포기 및 군사기지의 철수.

3. 미 해군기지의 철수와 해당 지역의 군사 시설 폭파.

카미엘은 세 가지 조건을 적어놓고 총리대신의 목덜미에 검을 가져다 대었다.

척!

─나는 의로운 사람이오. 약속한 바는 반드시 지키니 총리대신을 살리고 싶다면 위의 조건을 전부 다 들어주셨으면 하오.

"제기랄, 전부 다 우리의 사족을 자르겠다는 생각이 아니면 내놓을 수 없는 조건들입니다! 이걸 도대체 어떻게……."

"다른 것은 몰라도 미군의 철수는 우리에게 족쇄를 채우는 꼴밖에는 안 됩니다. 아무리 해상자위대의 병력이 있다곤 해도 미 해군의 철수는 아주 곤란한 일입니다. 저 조건들은 들어줄 수가 없어요. 게다가 군사 시설의 파괴라니, 미 군정과의 관계가 아주 서먹해지고 말 겁니다."

"이것 참…."

"그렇다고 총리대신을 구출하지 않을 수는 없습니다. 총리대신에게 무슨 짓을 할지 아무도 모르니까요."

"흐음!"

일본의 경제를 좌지우지하는 총리대신의 머릿속에는 일반인은 절대로 알 수 없는 기밀이 가득하기 때문에 저들이 총리를 고문하여 그것들을 실토하게 만든다면 상상을 초월하는 일이 발생하고 말 것이다.

그나마 총리대신이 즉사한다면 다행이지만 죽기 직전까지 괴롭히면서 자신이 원하는 것을 다 뽑아낸다면 일본은 심각한 타격을 입을 수밖에 없다.

"어떻게 해야 합니까?"

"……."

내각의 관료들이 모두 부총리를 바라보았다.

"부총리님, 결단을 내려주시지요. 총리대신께서 돌아가시면 부총리님이 자연적으로 임시총리가 되십니다."

"…이것 참, 난감하군요."

"해결책은 제시할 수 없다고 해도 방향은 잡아주실 수 있는 것 아닙니까?"

가만히 생각에 잠겨 있던 다이스케 아다치 부총리가 조심스럽게 입을 열었다.

"좋습니다. 그럼 이렇게 합시다."

"말씀하시죠."

"저놈들의 협상 조건 중 한 가지를 우선 들어줍시다."

"테, 테러리스트의 말을 들어주자는 겁니까?"

"어쩔 수 없습니다. 저놈들을 찾을 때까지 어떻게 해서든 시간을 벌어야 합니다."

"하지만 만약에 총리대신께서 이미 부고하신 상태라면 어떻게 합니까?"

"저들도 원하는 것이 있으니 이런 말도 안 되는 짓을 벌였을 겁니다. 총리대신을 그리 쉽게 죽이지는 못해요."

"허참……."

"뭐, 그건 그렇다 치더라도 세 가지 조건 중에서 과연 무엇을 해준단 말입니까? 하나같이 말도 안 되는 것뿐인데요."

"일본해 북부와 중부의 영해권부터 포기합시다. 해당 지역의 군사기지를 모두 철수시키세요."

"하지만 그랬다간 여러 영해권 분쟁이 일어날 가능성이 높습니다."

"지금은 비상시국입니다. 각 나라의 대표들에게 협조 공문을 보내고 협조를 구하는 수밖에요."

"후우……."

"중국과 러시아, 한국, 미국에 협조 공문을 보내십시오. 중국과 러시아는 몰라도 한미 연합은 우리의 말을 들어줄 겁니다. 최소한 그들이 있는 한 영해를 빼앗기는 일은 없겠지요."

부총리는 지금까지 쌓아온 견고한 동맹 체계를 믿어보는 수밖에 없다고 생각했다.

"독도와 댜오위다오 등의 영유권 분쟁과 역사 왜곡 문제 등이 있긴 합니다만, 그렇다고 해서 군사적 동맹과 외교적 동맹이 깨지는 것은 아닙니다. 최소한 경제동맹이 버티고 있는 한 영해권에 문제가 생기지는 않을 것입니다."

"흐음, 그렇다면 추후의 수습은 어떻게 하실 생각입니까?"

"어차피 한국은 북한과의 대치 때문에 쉽사리 행동할 수 없을 것이고, 중국 역시 미국의 압박 때문에 행동에 제약이 많습니다. 이 점을 이용한다면 큰 분란은 일어나지 않을 테죠."

"후우, 그렇군요."

다이스케 아다치 부총리는 자신의 결단을 조속히 행동에 옮기도록 지시했다.

"지금 당장 해상자위대를 철수시키고 해상 영유권을 포기한다는 공문을 띄우세요."

"잘 알겠습니다."

한편, 다이스케 아다치는 일본 정보국장에게 총리의 위치 파악에 전력을 기울일 것을 지시하였다.

"무슨 일이 있더라도 군사 철수 기간이 끝날 때까진 총리대신을 찾아야 합니다. 아시겠습니까?"

"예, 부총리님. 최선을 다하겠습니다."

"무조건 찾아요. 찾아야 우리가 삽니다."

"예!"

이제 남은 것은 정보국에게 얼마나 운이 따르느냐이다.

'신이 우리를 버리지 않는다면……'

부총리는 기도하는 마음으로 상황을 지켜볼 수밖에 없었다.

＊　　　＊　　　＊

일본이 협박 방송을 받았을 때쯤, 프랑스에도 같은 내용의 방송이 전달되었다.

프랑스 대통령 딜란 부트랑의 신변을 위협하는 상황이 연출되면서 카미엘이라는 이름의 청년은 세 가지 협상 조건을 내걸었다.

1. 프랑스 해외 영토의 존속권 폐지.
2. 프랑스 EEZ를 현재 프랑스 동서 100㎞ 내외로 제한.
3. 프랑스 남, 북부의 군사기지를 철수시키고 항공모함 함대

의 폐기.

프랑스 총리 알폰스 베르나르와 각 기관의 장관들이 이 세 가지 난제를 과연 어떻게 처리해야 할지 머리를 맞대고 있는 상황이다.

국방부와 경검은 테러와의 협상은 말도 안 된다는 입장이었으나, 총리의 입장은 그렇지가 못했다.

국가 기반의 거의 모든 부분을 관장하는 대통령이 사라졌다는 것만으로도 큰 타격인데, 그가 가진 정보마저 유출된다면 프랑스는 공황에 빠져 버릴 것이 분명했기 때문이다.

이것은 비단 프랑스만의 문제가 아니고 지금 천하마술단에게 국가원수들을 빼앗긴 G20의 모든 나라가 고민하고 있는 문제였다.

하필이면 국가원수가 참여하는 정상회담에서 납치극이 벌어졌으니 그들이 고민하는 것들은 일맥상통할 수밖에 없었다.

알폰스는 이 세 가지 중에서 한 가지를 선택하기에 이른다.

"항공모함 함대를 일시적으로 폐쇄 조치시킵니다."

"초, 총리님!"

"어쩔 수 없어요. 우리의 영향력이 약화된다고 해도 EU가 있으니 최악의 사태까진 가지 않을 겁니다. 스페인과 독일이 있으니 지금 당장 국경이 허물어지거나 자주국방에 문제가 생기지는 않아요."

"흐음……."

해군 전력을 대폭 약화시키는 대신 영해권과 해외 영토권을 지키는 것이 훨씬 더 이득이라는 것이 총리의 판단이었다.

물론 이것들이 수행되는 동안 시간을 끌면서 테러리스트를 회유하고 그들의 위치를 파악한다는 것이 총리의 전략이었다.

아마도 저들 역시 이러한 행동을 예측하고 있겠으나 지금으로선 이보다 더 좋은 방책은 있을 수가 없었다.

"지금 당장 남북의 군사들을 중앙 지역으로 철수시키고 항공모함을 일시적으로 폐쇄 조치합니다. 또한 EU에 공식적으로 협조 공문을 보내고 주변 국가들에게도 협조를 부탁하는 것으로 하시죠."

"…알겠습니다."

"상황이 영 찜찜하다는 것은 잘 알고 있지만 지금 이 상황에선 어쩔 수가 없어요. 일단 움직이세요. 그리고 닥치는 상황들은 그에 맞춰서 처리하는 것으로 합시다."

"네, 알겠습니다."

각 장관들의 표정이 상당히 어두운 가운데 회의실 문이 다시 한 번 열렸다.

콰앙!

"총리님, 또 다른 영상이 도착했습니다!"

"…뭐요?"

"이것을 좀 보십시오!"

비서실장이 가지고 온 영상은 모두를 충격에 빠뜨리기에 충분했다.

영상에는 카미엘이 검을 들고 대통령의 허벅지를 마구 찌르는 모습이 연출되고 있었는데, 그 옆에는 일본의 총리대신도 같은 모습으로 앉아 있었다.

—끄아아아아아아악!

—아아, 혹시나 해서 말씀드리는 것이지만 이 세 가지를 한꺼번에 해결하지 않는다면 이들은 아주 고통스럽게 죽을 것이오. 어물쩍 넘어가려다 걸리면 이 사람들은 모두 다 죽은 목숨인 것이오. 만약 우리를 바보로 여긴다면 얼마나 무서운 대가를 치르게 될지 보여주겠소.

영상은 아주 짧았지만 그 충격은 이곳에 모인 모두의 입을 닫게 했다.

"…미치겠군."

"이놈, 애초에 우리가 연막작전을 펼칠 것이라는 사실을 알고 있었습니다."

"그래요. 놈도 바보는 아니라는 소리군요."

"그럼 이젠 어쩝니까?"

"일단 해볼 수 있는 데까진 해봅시다. 저놈들이 원하는 것이 있다면 들어주는 척하는 수밖에요."

"그동안 해결이 안 된다면요?"

"별수 없지요."

"……."

현재 총리보다 더 좋은 의견을 낼 수는 없을 것이기에 장관들은 묵묵히 고개를 끄덕일 수밖에 없었다.

　　　　　*　　　　　*　　　　　*

이른 아침, 카퍼데일이 라이트플라워 대학 병원을 찾았다.

그는 며칠째 아무런 말도 없이 병상에 누워 먼 산만 바라보고 있는 손자 미카엘의 병실로 들어섰다.

드르르륵!

"……."

"도대체 며칠째 저러고 있는 것이냐?"

"대략 일주일쯤 된 것 같습니다."

"흐음."

카퍼데일은 여전히 화가 잔뜩 나 있는 며느리 넬라를 바라보며 말했다.

"아이가 이 지경인데 어째서 나에게 연락을 하지 않았던 것이냐? 마이클의 아비가 그 난리를 겪었다는 것을 알면서도 말이다."

"…면목 없습니다. 모든 것이 제 불찰입니다. 집안에서 저를 쳐내서도 전 할 말이 없습니다."

그는 고개를 가로저었다.

"무슨 그런 말이 다 있단 말이냐? 사고 한 번 쳤다고 자식을 집안에서 쳐내는 경우가 어디에 있단 말이야?"

"친정에선 이미 제 자질을 두고 마이클을 차기 당주로 인정하지 않겠다고 난리입니다."

"……."

마이클의 외가는 라이트플라워 그룹과 함께 벌써 300년 동안이나 해로해 온 글로벌 기업 미그네트 그룹이다.

미그네트 그룹은 극 가부장주의 그룹으로서, 남자가 모든 권력을 잡고 그에게 모든 것이 이양되는 집단이다.

불행히도 미그네트 그룹은 예로부터 손이 귀해서 한 대에 한 명, 많아봐야 두 명의 남자가 태어났다.

이번 대에도 전 가문에서 남자가 딱 둘 태어났는데, 이라크전과 걸프전에서 각각 목숨을 잃고 말았다.

만약 당대의 남자가 모두 다 부고하게 되면 그다음 여자들의 슬하에 있는 아들들 중에서 차기 당주를 뽑게 되는데, 그중 한 명이 바로 마이클이었던 것이다.

세 명의 후보 중에서 가장 자질이 뛰어나다고 집안에서 기대가 컸던 만큼 이번 사건은 마이클의 당주 선출에 크나큰 걸림돌이 될 것이 분명했다.

카퍼데일은 그런 사정을 누구보다도 잘 알고 있기에 별다른 말을 할 수가 없었다.

"일은 지나갔다. 이제 사태를 수습하고 있고 조만간 사태가 전부 다 수습될 것이다. 그러니 미카엘을 너무 나무라지 말았으면 하는구나."

"…아버지께서 실망이 크십니다. 아시다시피 미카엘은 저희 3대 조부님의 이름입니다. 스칸디나비아에선 그분의 이름을 모르는 사람이 없죠. 그런데 미카엘은 3대 조부님의 이름에 먹칠을 했어요."

"애야, 그건……"

그녀는 더 이상 앉아 있기가 힘든 모양이다.

"됐습니다. 저는 이만 나가보겠습니다."

"……"

카퍼데일은 문을 닫고 나가 버린 며느리의 뒷모습을 바라보며 씁쓸함을 감출 수 없었다.

"인생에 있어 폭풍 하나 없이 지나가는 사람도 있단 말이던가?"

"…할아버지, 죄송합니다."

그는 자신의 앞에 꾸벅 고개를 숙이는 미카엘을 바라보

았다.

"정신을 차렸느냐?"

"…그동안은 너무 염치가 없고 분통이 터져서 말문을 닫고 있었을 뿐입니다."

"염치가 없는 것은 그렇다 치고 분통이 터질 것은 무어란 말이냐?"

"그 소녀, 저와 함께라면 무엇이든 좋다고 했습니다. 그런데 배신을 했습니다. 전 그 계략에 보기 좋게 넘어갔고요. 저는 바보입니다."

카퍼데일은 고개를 가로저었다.

"아니다. 이 세상의 어떤 남자가 미인계에 넘어가지 않을 수 있단 말이더냐? 더군다나 너는 이제 혈기 왕성한 10대가 아니냐? 그럴 수도 있는 것이지."

"하지만 족보가 털렸습니다. 바보처럼 뒤통수나 맞고, 저는 차기 명화방주로서 자격이 없습니다."

"흠……"

그는 도대체 어디서부터 잘못된 것인지 가늠을 할 수가 없었다.

"네가 말한 그 여자 말이다. 정말 소녀가 확실한 것이냐?"

"…그것조차 모르겠습니다. 확실히 뭔가 좀 능숙했던 것 같기는 한데……."

"나이를 속이고 접근해서 어린 미카엘을 농락하고 족보를 빼앗았다. 명예와는 거리가 먼 놈들이군. 천하마술단이다."

"DMS그룹과는 별 상관이 없을까요?"

"아무리 후위무림맹이 막장을 달린다곤 해도 그놈들은 어린 소년의 순결까지 빼앗으며 일을 벌일 파렴치한은 아니다."

"……."

카퍼데일은 미카엘의 어깨를 다독여 주었다.

"아무튼 우리가 일을 수습하고 있으니 금방 끝이 날 것이다. 조만간 천검진도 돌아올 것이고."

"…천검진이 저를 한심하다고 미워하지는 않을까요?"

그는 실소를 흘렸다.

"같은 남자 아니냐? 아마 이해하고도 남을 게다."

"그럼 다행이지만……."

"남자는 죽을 때까지 철이 들지 않는다. 그저 나이를 먹고 덜 먹고의 차이지."

카퍼데일은 손자에게 조금 더 심도 깊은 얘기를 들어보고 싶어졌다.

"그나저나 어디서 만난 것이냐?"

"골목길에서 어떤 놈들에게 강간을 당하려던 것을 제가 구해주었습니다."

"전형적인 수작이군. 그 여자가 네게 수작을 건 것이야."

"…이제 와서 생각해 보니 우리 동네에서 그런 미친 짓을 할 사람은 아무도 없습니다. 마피아도 강간은 큰 죄로 생각합니다. 놈들은 명예가 뭔지도 모르는 것 같았어요."

"그렇군."

몇 마디 대화를 나누고 나니 미카엘의 얼굴이 조금씩 예전으로 돌아오는 것 같았다.

마음속 병은 대부분 대화를 통해서 치료가 가능하다고들 말한다.

카퍼데일이 지금까지 명화방을 이끌어오면서 배운 것은 남의 얘기를 잘 들어주는 것이 말로 억누르는 것보다 훨씬 낫다는 것이다.

그는 이번 사건으로 인해 손자 미카엘이 한층 더 차기 명화방주로서 성장할 것이라고 생각했다.

차근차근 손자의 얘기를 들어주던 그에게 비서실장이 다가왔다.

"방주님, 천검진께서 50명의 고수를 데리고 돌아왔습니다."

"천검진의 상태는?"

"자연경의 경지에 이른 것 같습니다. 그 난리 속에서 뭔가 깨달음을 얻은 것 같군요."

"역시 천골지체는 뭔가 달라도 다르군!"

카퍼데일은 미카엘을 자리에서 일으켰다.

"가자, 너도 이제 겪을 것을 다 겪어보았으니 명화방의 일원이 될 자격이 있다."

"이, 이게 그렇게 중요한 일이었나요?"

"남자가 되고 못 되고는 생각보다 중요한 일이다."

"그렇군요."

"지체할 시간이 없다. 천검진을 만나러 가자."

"예, 할아버지."

두 조손은 명화장원으로 걸음을 옮겼다.

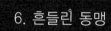
6. 흔들린 동맹

  G20의 의장국인 캐나다의 총리를 비롯한 열 개 국가의 원수들이 사라짐에 따라 사상 초유의 정보 동맹이 결성되었다.

  동대문구 뒷골목 선술집 '서정'으로 열 개국 정보국장들이 속속들이 모여들었다.

  그 밖에 G20에 소속되어 있는 나머지 10개국의 정보국장들 역시 한 시간 내로 도착할 예정이다.

  서정에서 오늘 내어놓은 안주는 설탕에 볶은 아몬드와 구운 사과칩, 거기에 어울리는 누텔라 퐁듀였다.

  직접 담은 화이트와인과 오디주가 오늘 안주와 함께 나오는 술의 종류였다.

독일의 정보국장 다비드 클라인은 자국에서 일어난 너무나 어처구니없는 사건에 대해 먼저 공식적으로 사과했다.

"저희들을 믿고 모여주신 동맹국에게 면목이 없습니다. 뭐라 드릴 말씀이 없군요."

"문제가 아주 없었다고 말하기 힘듭니다만, 이 정도 규모의 테러라면 그 어떤 국가도 제대로 대처하지 못했을 겁니다. 아무리 우리 영국이라도 말이죠."

"…그리 이해해 주시니 고맙습니다."

영국 M16의 국장 마가렛 스톤필드는 조금 더 심도 있는 정보 교류가 필요하다는 것을 역설했다.

"이제부터 우리는 각 국가가 포착한 정보들을 교환하고 그것들을 토대로 국가원수들을 찾아낼 필요가 있습니다."

"그건 우리도 공감하는 바입니다."

"그런 의미에서 본다면 서정에서의 모임은 상당히 의미가 있다고 생각합니다."

그녀는 나머지 국장들에게 잔을 권했다.

"일단 모인 김에 술 한잔하시죠. 상황이 상황이니만큼 건배는 건너뛰기로 하구요."

"그럽시다."

마가렛을 따라서 각자의 잔에 담긴 술을 모두 다 비워낸 국장들은 서로 술을 따르며 앞으로의 일에 대해 본격적으로 논의하기로 했다.

"모든 나라에 세 개씩 지령이 내려온 것으로 압니다. 그에 대한 협조 공문도 받았고요. 우리 영국은 이번 지령을 수행하는 대신 각자가 내세운 영해권 포기나 국토의 소유권 포기 등을 무효로 되돌리는 비공식 협정을 맺었으면 합니다."

"아주 좋은 방책입니다. 저놈도 우리의 연합을 어느 정도 예상하고 있겠지만 그렇다고 이제 와서 말을 바꿀 수는 없겠지요."

"그놈이 원하는 것이 무엇인지 알 수는 없습니다만, 만약 이번 사태를 유야무야 그냥 어물쩍 넘기고 자신이 원하는 것만 취한다면 테러리스트의 말에도 신뢰도가 떨어질 겁니다. 그러니 저놈도 스스로 자신에게 제약을 건 것이지요."

아르헨티나 정보국장 마누 지노빌리는 조금 다른 생각을 하는 것 같았다.

"하지만 현재 영토 분쟁에 있는 나라나 제3국에서 갑자기 치고 들어온다면 어떻게 합니까?"

"우리가 공식적으로 영토권을 포기한다고는 했습니다만, 아직까지 유엔에 정식으로 상정된 것은 아닙니다. 제3국이 치고 들어온다고 해도 그들이 이득을 취할 수 있는 것은 없습니다. 이런 사태에 대비하기 위해 EU나 유엔이 있는 것 아니겠습니까?"

"흐음……."

"다른 것은 몰라도 우리의 동맹이 가장 중요합니다. 지금 이 사태를 빌미로 누군가가 이득을 챙길 생각만 하지 않는다면 별다른 문제는 발생하지 않을 것이라고 생각합니다."

"지금 이 상황에서 누가 뒤통수를 치겠습니까? 그렇게 된다면 정말 국제사회에서 살아남기 힘들게 될 겁니다."

잠시 후, 미국 CIA국장과 한국의 국정원장이 함께 들어왔다.

"저희가 좀 늦었지요?"

"요즘 바쁜 것 잘 알고 있습니다. 그럴 수도 있지요."

한국과 미국의 국가원수는 괴한들의 습격을 받기 전에 출발했기 때문에 별다른 피해를 입지 않았다.

하지만 국가원수를 빼앗긴 나라들은 두 나라의 정보국장이 나란히 붙어 다니는 것이 별로 달갑게 보이지 않았다.

"한미 동맹이 아주 굳건해 보이는군요."

"아무래도 북한이 마음에 걸리니까요. 하지만 그런 이유가 아니더라도 한국과 미국이 함께할 상황은 자주 조성됩니다."

"…그렇군요."

두 사람의 동행을 가장 유심히 지켜보는 사람은 일본의 정보국장 다케시 콘도였다.

그의 입장에서 본다면 일본의 영해와 영토를 지켜줄 사람은 저기 있는 두 사람인데, 자신만 빼고 회합을 했다는 것이 못내 껄끄러울 수밖에 없었다.

다케시 국장은 한국의 연제한 원장과 미국의 제레미 스톤 국장에게 조금 어색한 미소로 말했다.

"오늘 끝나고 술이나 한잔 더 하시죠. 시간 괜찮으십니까?"

"뭐, 그러시죠."

"그나저나 원래 저희들과 함께 오기로 한 것 같은데, 어디를 다녀오시는 길입니까?"

"아아, 남해안에서 무장 공비가 잡혔습니다. 그런데 그놈들이 남해안에 주둔 중인 제 7함대의 항모와 전단을 폭파하려 해안포를 점령하려 했지 뭡니까?"

"…여전히 그런 시도를 하고 있는 북한이군요."

"그것도 우리 한국의 해안포로 미 해군의 함대를 포격하려 하다니요. 아주 단단히 작정한 것이 분명합니다."

제아무리 무적의 함대라 불리는 미 해군이라지만 인근 해안포의 기습 포격을 받으면 침몰할 수밖에 없다.

더군다나 남해안에 주둔하고 있는 함대는 정박 중이기 때문에 잘못하면 초토화될 수도 있는 상황이었다.

이런 상황을 한국이 조장했다는 주장이 나오기 시작하면 한미 동맹은 흔들릴 수밖에 없다.

그 상황은 일본에게까지 영향을 미쳐 삼국 방어 체계가 무너질 수도 있는 것이다.

다케시 국장은 그만 입을 다물 수밖에 없었다.

'미심쩍어도 별수 없지.'

일본의 정보국장이 눈치를 보는 동안, 중국과 러시아 역시 긴장할 수밖에 없었다.

러시아의 경우엔 크림반도와 페트로파블롭스크캄차츠키, 사할린 섬을 잇는 오호츠크 해 영토 일부를 포기하고 연해주의 함대를 후퇴시킨다는 조건이 붙어 있었다.

한마디로 블라디보스토크를 포기함으로써 오호츠크 해를 전부 내어주게 된다는 소리다.

중국은 남중국해의 포기와 소수민족 자치구의 해방, 여기에 동부 지역 EEZ 절반을 포기한다는 조건이 내걸려 있었다.

만약 이 공약을 이행하는 데 있어 한국과 미국이 조금만 딴 마음을 먹는다면 돌이킬 수 없는 결과를 초래하게 될 것이다.

그런 상황에서 미국과 한국이 뭔가 꿍꿍이를 가지고 있는 것 같으니 속이 타는 것은 어쩔 수 없었다.

마가렛은 조금 경직된 분위기를 풀어보기로 한다.

"크흠, 아무튼 늦게나마 오신 것이 어디입니까? 한 잔씩 하시죠."

"고맙습니다."

"그나저나 두 사람은 뭔가 건진 것 없습니까?"

"있습니다."

연제한이 탁자 위에 군사위성이 찍은 사진을 몇 장 올려놓았다.

그는 사진에 대해 이렇게 설명했다.

"북한에 폭동이 일어났습니다."

"폭동이요?"

"벡스터 문화회관을 덮친 그것과 같은 놈들이 나타났단 말입니다."

"……!"

"지금 평양으로 4천 명이 넘는 폭도들이 들이닥치고 있고 전국 방방곡곡에서 10만이 넘는 폭도들이 일어났습니다. 아직까지 외신들에게 이 사실이 알려지지는 않았습니다만, 북한 당국이 사실을 숨기는 데에도 한계가 있겠지요."

중국과 러시아의 정보부장은 와락 일그러진 표정을 지었다.

"…그런 엄청난 일이 일어났음에도 불구하고 인접 국가인 우리가 왜 몰랐을까요?"

"인접 국가이니 철저히 숨긴 것이지요. 우리는 이번 남해안 침투 덕분에 이 사실을 알아낸 겁니다. 만약 우리에게 아무 일도 없었다면 저렇게 대놓고 정밀 사진을 찍을 수 있었을까요? 저 사진은 위성으로 1차 사진을 찍고 2차, 3차로 저공비행 유닛을 띄워 촬영한 겁니다. 대공포 사격을 감수하면서까지 비행기를 띄운 것이지요."

"흐음……."

"그런데 지금 북한은 대공포를 운용할 여력이고 나발이고 아무것도 남아 있지 않습니다. 그나마 대외적으로 이 사실이 알려지지 않았기에 망정이지 그렇지 않았다면 타도 북한을 외치던 세력들이 무슨 짓을 벌일지 모릅니다."

북한이 악의 축이라는 것은 그 누구도 부정하지 못하지만 그들의 군 수뇌부가 극단적인 선택을 할 경우엔 얘기가 달라진다.

한국에서의 전쟁이 비단 한국과 북한만의 문제가 아니기 때문이다.

이것은 한국과 북한, 미국, 일본, 중국, 러시아 등 수많은 국가의 운명이 갈리는 문제이기도 했다.

인도의 정보국장 핫산이 연제한에게 물었다.

"그래서 한미 연합은 이 사태에 어떻게 대처할 생각입니까?"

"일단은 사태를 관망하면서 방어에 전력할 생각입니다."

"북한이 전면전을 일으킬 가능성도 있다고 생각하십니까?"

"벼랑 끝에 몰린 저들은 분명 전쟁이라는 카드를 꺼내 들려

할 겁니다. 우리는 그에 대한 방어 체계를 견고히 할 필요가 있고요."

"방어라 함은……."

"북태평양에 주둔하고 있는 함대를 한반도로 불러들일 생각입니다. 핵 잠수함과 기계화 보병도 한국에 상륙시킬 생각이고요."

"…뭐요?"

한국에 미군의 군사력이 이 이상 상륙한다면 중국과 러시아는 당연히 긴장할 수밖에 없다.

인도와 일본 역시 이 사태에 귀를 쫑긋 세웠다.

"일단 그 문제에 대해선 추후에 다시 논의하시죠. 지금의 논쟁은 그게 아니잖습니까?"

"그렇긴 합니다만……."

"지금 직면한 사태에 대해서만 집중하도록 합시다."

"흐음, 좋습니다."

G20동맹이 아주 이상한 방향으로 돌아가려 한다.

*　　　*　　　*

일본 가나자와의 한 료칸으로 네 명의 남녀가 모여들었다.

승려가 둘, 젊은 청년이 하나, 그리고 아주 단아한 한복 차림의 여성 한 명이었다.

단아한 한복 차림의 여성은 걸음걸이부터 기품이 넘치는 규수였는데, 아직 머리를 올리지 않은 것으로 보아 시집은 가지 않은 것 같았다.

품이 넉넉한 두루마기에 댕기까지 땋은 것이 유서 깊은 가문의 딸이 분명해 보였다.

네 남녀를 맞이한 사람은 해방그룹의 안호태 회장이었다.

안호태 회장은 신수 기린이 새겨진 옷을 입고서 네 사람을 반갑게 마중하였다.

"먼 길 오시느라 고생 많으셨습니다."

"이게 도대체 얼마만의 만남이죠? 한 15년쯤 되었나요?"

"그런 것 같습니다. 하지만 우리가 모이는 것은 희소식이 아니니 기뻐하기만 할 수는 없는 노릇이군요."

"그래도 만남은 귀한 것이니 어찌 반갑지 않다고 할 수 있겠습니까?"

"하하, 그건 그렇군요."

안호태는 네 사람을 료칸 안으로 안내하였다.

"누추하지만 들어오시죠."

"예."

료칸 안에는 한반도의 사방신인 사신도가 그려져 있고, 그 중앙에는 기린 문양이 새겨진 조각상이 놓여 있다.

안호태는 교자상을 앞에 둔 채 네 사람에게 말했다.

"제가 정방사신회를 모집한 것은 세계 각국에서 벌어지고 있는 작금의 사태에 대비하기 위함입니다."

"으음, 드디어 올 것이 왔군요."

"천하마술단이 일어났습니다. 우리가 모이지 않으면 안 되는 시점이 된 것이지요."

"명화방에선 뭐라고 하던가요?"

"얼마 전에 깨어난 천검진이 자연경에 이르렀다고 합니다. 그를 앞세워 천하마술단을 다시 한 번 압박할 생각인 모양입니다."

"그들이 압박한다고 움츠려 들까요?"

"최소한 행동에 제약은 받겠지요."

정방사신회는 원래 한반도의 무인들이 모여 만든 회합으로서, 무림맹과 비슷한 성격을 가지고 있었다.

한반도에 들이닥친 각종 외란과 난에 적극적으로 참여하면서 남몰래 공을 세워왔으나 조선에 이르러선 사대부들의 탄압을 받았다.

사대부들의 무인 탄압에 의해 도적떼로 전락한 정방사신회는 명화방과 해북 상단의 원조를 받으며 비공식적인 무인 집단으로 다시 태어났다.

이들은 해북 상단과 명화방의 요청으로 천하마술단을 추격하고 처단하는 일을 맡았으며, 후위무림맹을 견제하는 세력으로도 그 역할을 해왔다.

정방사신회가 이들과 함께하게 된 것은 후위무림맹이 조선의 사대부들과 결탁하여 무인들을 탄압했기 때문이다.

후위무림맹의 말도 안 되는 탄압과 억압에서 벗어나기 위해 정방사신회가 명화방과 해북 상단의 손을 잡은 것이다.

사대부들의 탄압에 의해 네 갈래로 갈라졌던 정방사신회는 해북 상단의 수장이 그 회주를 맡음으로 인해 부활하였다. 그리고 천하마술단의 추격과 후위무림맹의 견제에 혁혁한 공을 세우고 그 중심 세력으로서 자리를 굳건히 잡아갔다.

그 전통이 지금까지 이어져 현재의 모습을 만들어낸 것이다.

정방사신회의 소식통을 담당하는 현무단주 신철희는 천하마술단과 명화방을 이어주는 역할을 한다.

또한 그는 정방사신회의 각 단주에게 새로운 소식을 전달하는 첩보원 역할도 하고 있다.

"천하마술단이 북한에까지 손을 뻗은 것 같습니다. 지금 우리 현무단의 소식통이 북한의 폭동을 확인했습니다."

"G20회의로도 모자라 북한까지? 그들이 원하는 것이 뭘까요? 전쟁?"

"정확한 사실은 알 수가 없습니다. 하지만 저들이 하는 행동으로 미뤄볼 때 아무래도 무력 충돌을 일으키려는 것이 아닌가 싶습니다."

"그래서 얻는 것이 뭔데 저러는 겁니까?"

"모릅니다. 하지만 저들의 행보를 막는 것이 우리 정방사신회의 임무입니다. 이제는 우리가 움직여야 한다는 것은 회주께서 일어나지 않았어도 현무단이 먼저 제안했을지도 모릅니다."

"흐음……."

"빠른 시일 내에 천검진이라는 사람이 이곳으로 오기로 했습니다. 그러니 자세한 얘기를 들어본 후에 움직이는 것이 좋겠습니다."

"그래요. 잘 알겠습니다."

안호태는 백호단주 김영일에게 명화방주 무덤 습격 사건에 대해 물었다.

"그나저나 천하마술단으로 보이는 놈들이 무덤을 습격했다고 하던데, 어떻게 된 겁니까?"

"어찌 된 영문인지는 몰라도 그들이 제5대 명화방주님의 무덤을 도굴하려 했습니다."

"미친놈들이군, 이제는 별짓을 다 하는군요."

"누가 아니랍니까? 이 부분에 대해선 카퍼데일 회장의 얘기를 들어봐야 할 것 같습니다."

안호태는 청룡단주 신청림을 바라보며 말했다.

"저들이 명화방의 피를 노린 것이 처음은 아니지요?"

"그렇습니다. 하지만 그것은 조선시대에 일어난 사건입니다. 지금까지 거의 500년 동안 피를 찾아서 돌아다닌 적이 없었는데, 뭔가 꿍꿍이가 있는 것이 분명합니다."

"그게 무엇이든 무덤은 반드시 지켜야 합니다. 저들이 또 무슨 말도 안 되는 짓을 벌일지 모르니까요."

"물론입니다. 지금 우리 청룡단의 고수들이 각 무덤에 100명씩 파견되어 있습니다."

"그렇다면 든든하겠군요."

안호태는 이제 식사를 하면서 추후의 일정을 조율하기로 한다.

"오늘은 일식을 준비해 봤습니다. 입에 맞으실지 모르겠습니다."

"음식을 가리는 사람은 식사를 할 자격이 없다 할 수 있지요."

"하하, 가시죠."

네 사람은 안호태를 따랐다.

*　　　　*　　　　*

천검진의 귀환으로 인해 명화방은 다시 한 번 천하마술단 추격에 불을 붙이기로 했다.

비록 가란델과 헬파이어 미사일로부터 50명이 넘는 인명 피해를 입기는 했어도 전열을 가다듬는 데 무리가 전혀 없는 명화방이다.

대한그룹 역시 행동대원 중 일부만 중상을 입고 나머지는 경상에 그쳤기 때문에 다시 움직이는 데 무리는 없을 것으로 보였다.

태하는 카퍼데일과 함께 정방사신회를 만나기로 했다.

카퍼데일은 이번 정방사신회의 방문에 자신의 후계자인 미카엘도 동행시키기로 했다.

원래 명화방의 차기 방주로 카퍼데일의 아들 사무엘이 지목되기도 했으나, 그는 여러 가지 이유를 들어 자신의 아들 미카엘을 차기 방주로 세웠다.

사무엘은 지금까지 공식적인 행보엔 한 번도 모습을 나타낸 적이 없었는데, 그는 자신이 명화방의 그림자가 되어야 한다고 생각하는 사람이었다.

만약 사무엘이 그림자가 되지 않았다면 미카엘은 빛을 보지 못하고 수면 아래로 가라앉았을지도 모를 일이다.

미카엘은 자연경에 이른 태하에게 그 소감을 물었다.

"자연경은 어떤 느낌인가요?"

"자연과 하나가 되는 느낌?"

"그건 초화경에 이를 때도 나타나요."

"비슷하다고 볼 수 있어. 어차피 무는 자연에서 비롯된 것, 대자연에 인간을 놓고 보면 초화경이나 자연경이나 거기서 거기야."

"…무슨 뜻인지 모르겠군요."

"나중에 나이를 더 먹어서 무를 익히다 보면 내 얘기가 무슨 뜻인지 알게 되겠지."

카퍼데일은 태하에게 축하의 말을 건넸다.

"축하하네. 우리 대에서 자연경의 고수가 탄생하다니, 가문 대대로 영광이네."

"별말씀을요."

"이제는 정말 우리가 새롭게 도약할 기회가 온 것일세."

태하는 카퍼데일에게 정말 새로운 국면을 맞이할 무언가에 대해 설명하였다.

"대사형, 우리가 진짜 새롭게 도약할 활로는 제가 아니라 화열검이 아니겠습니까?"

"으음, 화열검이라……."

"사부님의 말씀에 따르면 화열검은 1대 방주께서 봉인하셨다고 했는데, 그게 과연 어디에 있는지 모르겠군요."

"듣기론 영국 어딘가에 숨겨놓았다는 설도 있고 명화방의 비밀 저택에 있다는 설도 있지."

"비밀 저택이요?"

"아직까지 학자들이 문헌을 뒤지고 있긴 하네만, 자세한 위치는 우리도 몰라."

"으음……."

"아무튼 언젠가는 세상에 모습을 드러낼 화열검일세. 하지만 지금은 아니야. 어쩌면 화열검은 아직 자신이 나설 때가 아니라고 생각하고 있는지도 모르네."

"그렇군요."

자연경에 오른 태하는 갈등을 끝낼 수 있는 것도 무력이고 평화를 가지고 올 수 있는 것도 무력이라고 생각했다.

그 생각은 화열검이라는 궁극의 신기를 세상 밖으로 꺼냄으로 인해 이뤄질 것이라고 확신했다.

그러나 모든 일은 생각대로 돌아가지는 않는다.

태하는 쓸데없는 기대를 접고 조금 더 현실적인 방안에 대해 생각해 보기로 했다.

"천하마술단이 열 개국 정상들을 잡아가고 난 후 G20 동맹국들의 결합이 점점 느슨해지고 있습니다. 원래는 경제를 위해서 모인 이들이지만 상황이 상황이니만큼 첩보전에서 아주 첨예한 대치를 보이고 있는 것 같더군요."

"어쩌면 천하마술단이 원한 것이 바로 이런 면이 아닌가 싶어. 동맹국들의 파멸은 그들이 가장 원하던 것이니 어쩌면 이번 납치도 그들에게 이득이 되는 행동이 아니라 동맹의 분열을 노린 건지도 몰라."

"흐음……."

"지금 명화자객단이 그들의 뒤를 쫓고 있네. 제아무리 천하 마술단이라도 조만간 그 정체가 드러날 것일세."

"그들이 움직인다면 한결 마음이 놓이는군요."

카퍼데일은 태하에게 명화방의 일에서 잠시 눈을 돌려 가정사를 돌볼 것을 권했다.

"지금 자네의 가족들이 어디에 있다고 했나?"

"얼마 전에 북해빙궁에서 영국의 안전가옥으로 장소를 옮겼지요. 조카의 학업 때문에 언제까지고 북해빙궁에 있을 수는 없어졌기 때문이지요."

"그렇다면 실마리가 잡힐 때까지 영국에 가 있게. 우리가 때가 되면 자네를 부르겠네."

"그래도 되겠습니까? 저놈들이 언제 쳐들어올지 아무도 모르는데 말입니다."

"어차피 명화방의 심장부로 쳐들어온다고 해도 필패할 수밖에 없을 터, 우리만 가만히 있다면 큰 문제는 없을 것이네."

잠시 후, 태하와 카퍼데일 조손을 태운 전용기가 가나자와 북해그룹 사설 비행장에 착륙했다.

끼기기기긱!

태하는 비행기가 이곳에 멈추어 서자마자 뭔가 아주 특별한 기운을 느꼈다.

"…엄청난 고수들이 있습니다. 그것도 네 명이나요."

"정방사신회는 최소 현경의 고수들로만 이뤄진 무력 집단일세. 네 명의 단주는 거의 신수에 가까운 무예를 가지고 있다고 하더군."

"어쩐지 그 기운이 심상치 않다고 느꼈습니다."

이제 막 자연경에 이른 태하조차 몇 수 접어주어야 할 정도로 강력한 무공이라니, 태하는 그 경지를 도저히 가늠할 수조차 없었다.

이윽고 명화방의 비행기가 멈추어 서자 그 앞으로 다섯 명의 남녀가 다가와 이들을 맞았다.

"방주께서 직접 오시다니, 고생이 많으십니다."

"회주께서 나오셨는데 명화방주라고 가만히 있을 수 있습니까?"

태하는 무력 집단의 수장인 정방사신회의 회주에게선 그다지 고강한 무력은 느낄 수가 없었다.

아무래도 정방사신회의 회주는 이들을 소집할 수 있는 권한만 있을 뿐 그에 대한 무력을 갖추어야 할 의무는 없는 것 같았다.

그러나 그의 뒤로 서 있는 세 명의 남자와 한 명의 여자에 게선 각기 다른 느낌의 아우리가 물씬 풍겨나고 있었다.

네 명의 회주는 태하를 아주 흥미로운 눈으로 바라보았다.

"천검진, 당신이 천검진의 주인이군요."

"예, 그렇습니다. 어쩌다 보니 사부님의 뒤를 잇게 되었지 요."

"대단한 무공입니다. 우리와 가는 길이 다를 뿐, 그쪽의 경 지도 이미 사람의 것을 벗어났군요."

원래 강자는 강자를 알아보는 법, 그들 사이에는 아주 미묘 하지만 기분 좋은 긴장감이 흐르고 있었다.

이런 긴장감은 언젠가 비무라는 수단을 통해 서로의 호감 을 더욱 굳건히 다질 수 있는 기회가 될 것이다.

정방사신회주는 일행을 비행장 너머에 있는 료칸으로 안내 했다.

"일단 가시죠. 술이라도 한잔하면서 얘기를 나누시지요."

"그럽시다."

안호태를 따라서 일행은 료칸으로 행했다.

*　　　*　　　*

정방사신회는 카퍼데일과 태하의 얘기를 듣고는 대대적인

수사가 필요하다는 것을 절감했다.

"현무단이 움직일 겁니다. 조만간 그들의 행방을 찾아낼 수 있겠지요."

"그렇게 해주신다면 걱정할 필요도 없겠군요."

"다만 천하마술단과의 싸움에서 병력이 다칠 수도 있다는 것이 문제입니다. 하지만 희생 없는 승리는 없는 법, 우리 현무단은 필생즉사의 각오를 다지고 있습니다."

태하는 현무단주 신철희에게 결연한 의지를 내비추었다.

"…우리는 패배했습니다. 하지만 두 번의 패배는 없을 겁니다. 이번 싸움에선 우리가 기필코 놈들의 숨통을 끊어버리겠습니다."

"필승의 각오는 언제나 옳습니다. 그런 자세는 환영입니다."

신철희는 자신이 천하마술단을 찾아내는 데 걸리는 시간을 나흘로 잡았다.

"우리가 놈들을 찾아내는 데 걸릴 시간은 대략 사나흘입니다. 아마 이 정도 시간이라면 그들이 내건 공약을 G20 회원국들이 이행하는 데 걸리는 시간보다는 훨씬 짧을 테지요."

"그렇다면 정상들이 변을 당할 걱정을 하지 않아도 되니 걱정을 덜게 되는 셈이군요."

"하지만 한 가지 문제가 있습니다. 놈들이 아직까지 정상들을 살려두었느냐에 대한 것입니다. 만약 각국의 수장들을 이

미 죽여 놓고 녹화본을 방영하는 것이라면 사태가 좀 심각해
집니다."

"엄청난 공황이 찾아오겠지요."

일은 벌어졌는데 그것을 수습할 우두머리가 없다는 것은
혼란을 가중시킬 뿐만 아니라 앞으로 나가야 할 길에도 악영
향을 미치게 될 것이다.

만약 이미 각 나라의 수장들이 다 죽었다면 이 공황상태는
꽤 오래갈 수밖에 없다.

"이제부터 모든 것은 하늘에 달렸습니다. 그들이 나쁜 마음
을 먹지 않았기를 바라는 수밖에요."

"흐음……."

정방사신회주 안호태는 사나흘 후 병력이 움직일 수 있도
록 준비 단계에 이르렀음을 시사했다. 하지만 그 행동에는 아
주 조심스러움이 묻어나고 있었다.

"청룡단과 주작단, 백호단이 현무단을 따라서 움직일 겁니
다. 하지만 뭔가 확실한 정황이 포착되기 전까진 그 어떤 움직
임도 없이 대기 상태에 머물게 할 생각입니다."

"그건 우리 명화방도 마찬가지입니다. 섣부른 판단은 독이
될 뿐, 아무런 도움이 되지 못하니까요."

카퍼데일은 태하의 어깨를 두드리며 말했다.

"잘되었군. 상황이 어렵긴 해도 자네가 사나흘쯤 쉴 수 있

는 시간이 생겼어."

"마음이 편하지는 않군요."

"그래도 스스로 집안일을 다스리지 않고 뭔가를 이뤄낼 수는 없는 법 아닌가?"

"그건 그렇지요."

"가화만사성일세. 일단 집으로 돌아가서 집안을 다잡고 다시 돌아오게."

"그건 방주님의 말씀이 맞는 것 같군요."

태하는 정방사신회의 말까지 듣고 나니 더 이상 이곳에 있을 수가 없었다.

"그럼 염치 불구하고 집에 다녀오겠습니다."

"최대한 편하게 지내게. 자네는 중요한 전력이니 행여나 컨디션이 나빠지면 안 되잖나?"

"명심하겠습니다."

그는 실로 오랜만에 가족들의 품으로 돌아가기로 했다.

7. 의문의 지하실

영국 런던 국제공항으로 태하의 동생들이 마중을 나와 있다.

태하는 입국 게이트를 빠져나오자마자 손을 흔들며 서 있는 동생들을 발견하곤 미소를 지었다.

"집에 있으라니까 왜 나와 있어?"

"괜찮아. 우리에겐 실버가 있으니까."

헥헥!

실버의 몸은 이제 조금 더 진한 은색으로 변해 있고, 눈동자는 옅은 푸른색과 은색이 섞여 바다처럼 은은한 은청색을 띠고 있었다.

태하의 경지가 오르는 만큼 실버 역시 조금씩 그 경지가 올라가고 있는 모양이다.

실버의 곁에는 이미 초화경에 접어든 것으로 보이는 미아도 서 있었다.

"삼촌!"

"녀석, 많이 컸구나. 못 본 사이에 고수가 다 되었는데?"

"얼마 전에 우태 아저씨가 저택에 다녀가면서 이런저런 가르침을 많이 주셨어요. 진희 이모도 많이 알려주셨고요."

"으음, 어쩐지. 눈에 예기가 서려 있다고 했더니 그런 사연이 다 있었구나."

"저도 언젠가는 건곤대나이를 익히고 싶어요. 그래서 천마신공을 전수 받을 수 있으면 좋겠어요."

"반드시 그렇게 될 게다. 정진하면 못 이룰 것이 없거든."

태하는 도대체 얼마 만에 모인 것인지 가족들이 너무나 반가웠다.

"오랜만에 모였으니 맛있는 것 좀 먹자. 뭐가 먹고 싶어?"

"영국 음식만 아니면 다 좋아. 이 동네 음식은 도무지 먹어줄 수가 없다니까."

"하하, 나라마다 특색이 있는 법이지. 오늘은 찜닭을 좀 해 먹자고. 돼지고기 두루치기도 좀 하고."

"오오, 좋지!"

"간만에 소주 한잔하는 거야?"

"그래. 정말 간만에 한잔하는 거지. 다들 어서 가자고."

태하는 태린이 끌고 온 승합차를 타고 안전가옥으로 향했다.

집으로 돌아오는 길에 대형마트에 들른 태하는 이곳에서 구할 수 있는 재료들을 전부 조달했다.

아무리 영국 요리가 형편없다곤 해도 이곳에서 나는 농산물과 닭고기까지 형편이 없는 것은 아니기 때문에 꽤나 신선한 재료들을 확보할 수 있었다.

태하는 집에 도착하자마자 마당에 둔 장독대에서 직접 담근 고추장과 간장을 퍼냈다.

그는 그릇에 담긴 장을 맛보곤 만족스럽게 웃었다.

"으음, 좋군. 이 정도면 충분하겠어."

요리에 큰 소질이 있는 것은 아니지만 유독 장에 대한 입맛이 예민한 태하는 직접 명인에게 장 담그는 법을 배워서 영국으로 건너와 그것을 실행에 옮겼다.

대략 일 년쯤 숙성되었으니 먹기 적당한 풍미가 뿜어져 나올 것은 당연한 일이다.

태하는 오늘 사온 닭고기에 갖은 채소를 넣고 삶다가 생강,

간장, 설탕 등이 들어간 양념을 넣고 찜닭을 졸이기 시작했다.

칙칙칙!

압력 밥솥에 들어간 찜닭이 익는 동안 돼지고기에 고추장 양념을 한 두루치기가 맛나게 볶아진다.

촤락, 촤락!

볶음 냄비가 가득 찰 정도로 푸짐하게 볶아낸 두루치기는 실버 역시 좋아하는 음식이다.

헥헥!

"옜다!"

태하가 던져준 두루치기를 한입에 집어삼킨 실버는 땅바닥을 이리저리 굴러다니며 기쁨을 표현했다.

헥헥헥!

"짜식, 이젠 꽤 표현하는 법이 늘었구나."

원래 늑대의 지능은 상당히 높은 편이지만 실버는 환골탈태를 통하여 뇌의 용량이 늘어나고 그것을 사용하는 법을 터득하게 되었다.

아마도 현재 실버의 지능을 인간에게 대입하여 비교해 본다면 대략 8~9세쯤 될 것이다.

앞으로 실버가 얼마나 발전할지는 몰라도 지금 당장 산수를 할 정도이니 여기서 정체된다고 해도 놀라울 정도의 지능 발달이다.

잠시 후, 요리가 다 익어 먹음직스럽게 플레이팅 되었다.

쿵쿵쿵!

"밥 먹어!"

"와아! 밥이다!"

"이야, 이게 도대체 얼마만의 음식다운 음식이야? 이제 좀 살 것 같네!"

"많이들 먹어라."

"네!"

집으로 돌아온 태하는 가장 먼저 가족들을 마음껏 먹이는 것으로 휴가를 시작했다.

      *   *   *

다음 날, 태하는 앞마당에 무성히 자란 잡초들을 제거하고 막혀 있는 배수구를 뚫기 위해 실버의 등에 쟁기를 채웠다.

그극, 그극!

실버의 덩치는 거의 다 큰 송아지와 비슷하기 때문에 밭을 가는 데 전혀 문제가 되지 않았다.

녀석은 비교적 여유롭게 쟁기를 끌었고, 태하는 그 뒤를 따라가면서 쟁기의 방향을 조절하고 잡초를 옆으로 치워냈다.

쉭쉭쉭!

탄지공을 이용해 잡초를 빠르게 치워낸 태하는 수북이 쌓인 잡초 더미를 바라보며 고개를 가로저었다.

"그동안 내가 집을 오래 비우긴 했구나. 정말 엄청나."

이 정도 양이면 소를 먹이고 외양간을 청소해 줄 수 있을 정도이다.

대략 네 시간쯤 일을 하고 나니 슬슬 마당이 정리되고 배수로가 정비되는 것 같았다.

헥헥!

"덥지? 등목이나 좀 하자."

태하는 실버를 데리고 마당에 있는 우물가로 향했다.

드르르르르르륵!

이제 이곳에는 펌프가 설치되어 있어 예전처럼 두레박으로 물을 길어다 씻는 번거로움은 없었다.

태하는 호수를 이용해서 실버의 몸에 물을 끼얹어주었다.

촤라라라라라락!

헥헥헥!

"시원하지?"

그는 자신의 몸에도 차가운 물을 끼얹어 푹푹한 날씨를 한껏 날려 버렸다.

촤락!

"어허, 시원하다!"

걸쭉한 감탄사를 내뱉던 태하의 얼굴이 일순간에 딱딱하게 굳어버렸다.

끼리리릭.

"어라? 펌프가 왜 이래?"

한창 시원함을 만끽하고 있던 태하는 아주 꿀 같은 휴가를 방해 받은 것 같아서 기분이 영 언짢았다.

그는 어서 펌프를 고쳐서 다시 목욕을 재개하고 싶어졌다.

"실버, 가자!"

헥헥!

태하는 실버와 함께 우물 안으로 거침없이 몸을 던졌다.

첨벙!

우물은 대략 5미터쯤 되는 높이까지 돌이 쌓여 있었는데, 그 아래에는 꽤 깊은 물줄기가 자리 잡고 있었다.

실버는 물속에 들어가자마자 자신의 털이 빛나도록 내공을 끌어올렸다.

스스스스스!

태하는 실버를 타고 더 깊은 곳으로 내려갔다.

개과 동물의 수영 실력은 아주 뛰어나서 수면 아래로 내려가도 꽤나 기민한 움직임이 가능했다.

더군다나 화경의 경지를 넘어선 실버라면 그 움직임이 물개에 비견될 정도이다.

태하는 실버의 목덜미를 끌어안고 녀석의 등에 앉아 천천히 펌프의 끝 흡입기를 찾아다녔다.

'저기에 있군.'

대략 8미터쯤 아래로 내려가니 흡입기 끝에 달린 여과기가 수초에 걸려 버벅거리는 모습이 보인다.

태하는 내력으로 수초를 녹이고 다시 흡입기가 돌아가도록 해주었다.

드르르르르륵!

'으음, 좋군. 이제 가자.'

실버와 함께 다시 지상으로 올라가려던 태하는 걸음을 멈추었다.

두근!

'허, 허억!'

화들짝 놀라 실버를 바라본 태하는 녀석도 비슷한 것을 느꼈다는 것을 알 수 있었다.

태하와 실버는 자신들의 심장을 두근거리게 만든 것이 무엇인지 알아보기 위해 거침없이 걸음을 옮겼다.

촤륵!

이 의문의 기운은 우물의 더 깊은 곳에서부터 시작되고 있었다.

'더 아래야!'

헥헥!

실버와 전음으로 말을 주고받던 태하는 눈을 홉떴다.

'허억!'

더 깊은 곳으로 내려가던 태하의 몸이 서서히 붉게 물들었고, 그 붉은 물결은 한빙검과 공명을 하고 있었다.

대략 10분쯤 아래로 내려가 보니 물이 용천되는 아주 작은 구멍 사이로 붉은 빛이 새어 나오고 있었다.

태하는 그 구멍에 마권장을 날렸다.

콰앙!

쿠우우우웅!

마권장을 맞은 바위들은 놀랍게도 그의 내공을 흡수하였고, 서서히 막혀 있던 길을 열어주었다.

자연경의 태하가 내뿜는 내공을 흡수한다는 것은 무형의 경지에 이른 무인도 쉽사리 할 수 없는 일이다.

그럼에도 불구하고 바닥에 붙어 있던 바위가 그것을 해냈다는 것은 말도 안 되는 일이다.

태하는 바위틈으로 서서히 몸을 밀어 넣었다.

꿀렁!

그러자 그의 앞에 믿을 수 없는 광경이 펼쳐져 있다.

바위틈 너머에는 대략 5천 평쯤 되는 자연 동굴이 있고, 그 동굴 천장에는 일월신교를 상징하는 일렁이는 불꽃 문양이 아주 선명하게 새겨져 있었다.

그 문양 사이로 햇살이 쏟아져 동굴 전체에 불꽃 문양이 해와 물을 따라 반짝거리며 장관을 연출했다.

"이, 이게 다 뭐야?!"

놀라움의 연속, 태하는 입을 다물 새도 없이 동굴 내부를 돌아다니면서 그 광경에 넋을 놓았다.

자연 동굴에는 동굴의 습기와 물방울에도 꺼지지 않고 여전히 일렁이는 불길이 있었는데, 그 아래엔 꽤나 익숙한 상형 문자가 새겨져 있었다.

이것은 태하뿐만이 아니라 실버 역시 아주 잘 알고 있는 문양이다.

헥헥, 헥헥!

"그래, 우리가 저번에 북해빙궁으로 가지고 갔던 그 상자야! 그 상자에 새겨진 문양과 같은 문양이다!"

지금까지 까마득히 잊고 지낸 상자에 대한 생각이 떠오른 태하는 이곳에 가만히 있을 수가 없었다.

"북해빙궁에 다녀와야겠다!"

헥헥!

태하는 이곳을 실버에게 맡겨두고 다시 북해빙궁으로 향하기로 했다.

　　　　*　　　　*　　　　*

　북해빙궁 대서고에 고이고이 모셔두었던 의문의 상자와 다시 마주한 태하는 그 겉에 적혀 있는 상형문자를 확인해 보았다.

　그는 이것이 의문의 동굴과 일맥상통하는 것임을 어렵지 않게 알 수 있었다.

　"…이거다! 그것에 새겨져 있던 문자와 같은 것이다!"

　어째서 이런 물건이 그 집안 구석구석에 놓여 있던 것인지는 알 수 없지만 이것이 일월신교와 관련이 있다는 것만큼은 확실했다.

　그는 천검진을 발견한 천가 고묘에서 그 해답을 찾을 수도 있겠다고 생각했다. 하지만 그보다 먼저 선결되어야 할 문제가 있었다.

　그것은 바로 이 상형문자들을 해독하고 그 끝을 제대로 파악하는 것이다.

　하지만 애석하게도 북해빙궁 대서고에는 이 상형문자들을 해독할 수 있을 만한 자료가 없었다.

　그러니까 이 문자들은 중국이나 한국, 일본에서 사용하던 문자들과 다르다는 소리였다.

　태하는 대서고에서 이것들을 해독할 수 없다는 것을 알아

내자마자 그길로 북해빙궁을 나와 명화방의 사학자 은희란을
찾아갔다.

은희란은 지금 러시아 블라디보스토크에서 송나라 대의 유
적 발굴에 참여하고 있어서 그녀를 만나려면 적어도 이틀 전
에는 연락을 취해야 했다.

하지만 사정이 급한 만큼 그녀는 태하와의 만남을 흔쾌히
승낙했다.

사천은가는 한때 당문의 핍박을 받아 거의 명맥이 끊어질
뻔했다가 명화방을 만나 다시 핏줄을 되살린 학자 집안이다.

이들은 주로 실학에 대한 연구에 많은 시간을 할애하였는
데, 오랜 세월 동안 사학을 연구한 역사 전문가이기도 하다.

태하는 은희란에게 사정을 말하고 상형문자에 대한 조언을
구했다.

그녀는 자신을 찾아온 태하에게 뜻밖의 얘기를 해주었다.

"이것은 페르시아와 중국 북부의 이중 문자입니다."

"이중 문자요?"

"이러한 문자를 사용하는 사람은 극히 드물었습니다. 문헌
에는 천 씨 일가와 그 가신들, 그러니까 일월신교에서 이러한
문자들을 사용했다고 전해지지요."

"일월신교라면 우리 명화방의 전신 아닙니까?"

"그렇습니다. 아마 이 문자에 대한 해독은 명화방 대서고에

있는 천씨옥편을 통해서 충분히 해낼 수 있을 겁니다."

"천씨옥편이라… 그렇다면 지금 당장 미국으로 가야겠군요."

"지금 대서고가 습격을 받아 공사 중이긴 합니다만, 옥편을 사용하는 것은 어렵지 않을 겁니다. 우리 명화방에서 천씨옥편은 꽤 많이 사용되거든요. 전통 문헌이 전부 천 씨 일가의 이중 문자로 되어 있어 옥편은 거의 필수라고 할 수 있습니다."

"그렇군요."

은희란은 태하와 함께 미국까지 동행하기로 했다.

"블라디보스토크의 일이 문제가 아니군요. 우리 방의 물건이 발견되었다니 가만히 있을 일이 아닙니다."

"흔쾌히 동행해 주시다니요, 고맙습니다."

"제가 감사를 받을 일이 아니라 감사를 드려야 할 판입니다. 지금까지 명화방의 물건은 전부 천 씨 일가의 집에서만 발견되었는데, 밖에서 조사를 벌인 것은 이번이 처음이거든요. 우리 은가의 입장에서도 이번 연구는 상당히 뜻깊은 일이 될 겁니다."

태하는 그녀와 함께 전용기를 타고 미국 뉴저지로 향했다.

*　　　*　　　*

한차례 습격을 받은 명화방의 대서고는 최첨단 보안 시스템은 물론이고 스마트 레일건 시스템까지 구축하여 침입자를 초전에 박살낼 수 있는 무력까지 갖추게 되었다.

그에 대한 공사가 한창이라 다소 정신이 없었지만 천씨옥편은 워낙 여러 권이 발간되어 대서고 밖에 있는 휴게실에서도 찾아볼 수 있었다.

하지만 이번에 태하와 은희란에게 필요한 것은 일반적인 옥편이 아니라 대대로 방주들이 구전으로 전해온 일월신교의 고유문자였다.

막상 옥편을 통해 상자에 적혀 있는 문자를 해독하려니 앞뒤가 전혀 맞지 않았고, 은희란은 이것이 일월신교 교주들의 문자라는 것을 직감하였다.

카퍼데일은 태하에게 전화를 받고 교주옥편을 가지고 한달음에 달려왔다.

그는 자신도 기본밖에는 모르는 교주옥편의 문자들로 구성된 유물이 발견되었음에 다소 흥분한 모습이었다.

"휴가를 보내놓았더니 이런 진귀한 물건을 가지고 오다니. 역시 자네는 우리 방의 마스코트일세."

"하하, 마스코트라니요. 쑥스럽습니다."

"아무튼 이 문자들을 자세히 해석해 보자고."

그는 은희란에게 교주옥편을 건넸다.

"은 박사가 해석을 해주게. 나처럼 낫 놓고 기억자도 모르는 무식쟁이가 뭘 할 수 있겠나?"

"알겠습니다. 제가 대신 해석을 하지요."

은희란은 교주옥편에 있는 글자들로 몇 번이고 조사를 벌였기 때문에 옥편만 있으면 카퍼데일보다 족히 열 배는 빨리 해석할 수 있을 터였다.

그녀는 상자에 적힌 글자들을 획과 부수들을 통해 천천히 해석해 나갔다.

잠시 후, 그녀는 짐짓 심각한 표정을 지었다.

"…이건 좀 무거운 내용이 될 수도 있겠는데요?"

"무거운 내용?"

"천 씨 일가의 수장이자 명화방의 1대 방주 천태 공이 남긴 비급서입니다."

"천태 공의 비급!"

천마 이후 사상 최초로 무형경의 경지에 오른 천태는 천마 다음으로 가는 무학의 대가로 손꼽힌다.

그런 그가 비급을 남겼다는 것은 엄청난 일이 아닐 수 없었다.

카퍼데일은 태하에게 이 자물쇠의 봉인을 풀 수 있는지 물었다.

"자네가 이 봉인을 해제시킬 수 있을까?"

"화경의 끝자락에 있을 때 이것을 해제시키려는 노력을 해본 적이 있습니다. 하지만 최소한 현경의 경지는 필요했지요."

"그렇다면 지금은 가능하겠군."

"글쎄요, 한번 도전은 해보겠습니다."

"그래, 부탁 좀 함세."

무인에게 있어 가문의 비급은 그 어떤 무엇보다도 값진 것이니 카퍼데일이 이렇게 흥분하는 것도 무리는 아니었다.

잠시 후, 태하가 상자에 진기를 불어넣기 시작했다.

스스스스스!

바로 그때, 열쇠가 태하의 진기와 공명하면서 주변에 붉은 용 한 마리를 토해내었다.

쿠그그그그그극!

─크아아아앙!

"이, 이건?!"

"천검진 님, 괜찮으십니까?!"

태하는 지금 주변에서 어떤 일이 일어나고 있는지 신경 쓸 겨를이 없었다.

열쇠는 지금까지 태하가 본 그 어떤 쇠보다 단단하고 신묘했으며, 사람의 의식을 빨아 당기는 능력이 있었다.

그는 지금 열쇠에 의식을 빼앗겨 그 안에 들어 있는 무형의 인물과 대화를 나누는 중이었다.

―그대가 천검진의 계승자인가?

'당신은……?'

―나는 일월신교의 마지막 교주이자 명화방의 1대 방주 천태이다.

태하는 자신도 모르게 털썩 무릎을 꿇었다.

'천태 공! 사조부님을 뵙습니다!'

―그래, 하랑의 제자라니… 세월이 얼마나 흘렀을지는 모르겠지만 하랑이 제자 하나는 제대로 키워냈군. 천검진을 취하다니, 그것은 천마조사 이후에 처음으로 있는 일이다. 그만큼 자네의 역량이 뛰어나다는 뜻이지.

'과찬이십니다!'

천태는 자신이 지금 어떻게 하여 태하와 대화를 나누고 있는지 말해주었다.

―이 자물쇠는 나의 내단으로 만들어진 것일세. 만약 자물쇠 안에 있는 내공이 다한다면 우리의 대화도 단절되고 말 거야.

'공의 내공은 대단하니 당분간은 얘기를 나눌 수 있겠군요.'

―아니, 그렇지 않아. 나의 사념을 붙잡고 있는 이상, 내단은 1각도 채 지속되기 힘들 거야.

'그렇게나 빨리……'

천태의 사념은 태하에게 다급한 목소리를 냈다.

─두 번 말할 수 없으니 정신 차리고 듣게.

'예, 알겠습니다.'

─자네가 이 상자를 발견했다는 것은 아마도 엑트린 가문과 연이 닿아 있다는 것이 분명하네. 그런가?

'예, 맞습니다.'

─그 집안에서 저택을 주었을 정도라면 아마 엑트린가에서 이름도 받았겠지.

'그렇습니다, 천태 공. 원래는 미카엘이라는 이름을 받았습니다만, 개명이 필요했습니다. 그래서 가문의 족보에서 가장 약력이 짧은 사람의 이름을 사용하기로 했지요.'

─카미엘 엑트린이라… 자네가 그 이름을 사용한 것은 어쩌면 운명일지도 모르겠군.

천태는 카미엘이라는 인물에 대해 설명하기 시작했다.

─원래 카미엘 엑트린의 아버지 나르서스 엑트린이라는 자는 영국에서 정보를 사고팔던 정보 장사꾼이었어. 하지만 슬하에 자식이 없어서 평생을 적적하게 살았지. 그러던 도중 우리 명화방과 일전을 벌인 천하마술단의 단주가 기억을 잃고 우리 방에 맡겨지면서 그를 양자로 얻었다네.

'천하마술단의 단주를 양자로 삼았다니, 아무리 기억을 잃었어도 엄청난 일이군요.'

—나는 천하마술단의 불씨가 될 사내를 살려두는 것이 끝내 마음에 걸렸으나 나르서스의 생각은 달랐다네. 굳이 정신이 나간 남자를 죽이기까지 해야 하느냐는 생각이었어. 그 때문에 아마 내 손자 무혁이 천하마술단과 끝내 마찰을 빚었을 것으로 예상하네. 이 두 집단은 처음부터 함께할 수 없는 운명이었으니 말이야.

'흐음.'

천태는 카미엘과 엑트린 가문이 갈라진 이유에 대해서 설명하였다.

—내가 죽기 전, 마지막으로 본 나르서스 엑트린의 모습은 초췌하기 이를 데가 없었지. 그는 죽기 전에 얻은 양자에게 자신의 성씨를 주고 엑트린 가문을 이끌 수 있도록 해주었다네. 하지만 나르서스 엑트린의 아들 카미엘 엑트린은 결국 기억을 되찾고 엑트린 가문을 불태워 버렸다네.

'…아무리 천하마술단이라도 자신을 양자로 삼아준 가문을 불태우다니, 이해가 가지 않는군요.'

—엑트린 가문은 그 한 번의 타격으로 무너질 사람들은 아니었지만 정신적 타격은 꽤 컸던 것 같아. 그만큼 카미엘 엑트린을 신뢰했기 때문이지. 나는 카미엘 엑트린에게 뭔가 사정이 있었을 것이라고 예상하네. 이를테면 천하마술단의 신뢰를 얻기 위한 방책이라든가 연막작전 같은 것 말이야.

'그럴 수도 있겠군요. 아마 자신이 이끌던 집단으로 돌아가기 위해선 액션이 필요했겠지요.'

―그래, 나도 그리 생각하네. 아무튼 카미엘 엑트린이 잠적하고 난 후 우리는 힘이 약해진 엑트린 가문을 보호해 주기 위해 그들을 흡수하여 끌어안았네. 물론 이 일을 아는 사람은 아무도 없어. 부방주와 차기 방주도 이 사실을 몰랐지.

'그렇다면 문헌에도 이러한 사정이 나와 있지 않았겠군요.'

―그래, 그렇다고 볼 수 있지. 아무튼 엑트린 가문은 계속해서 우리의 그림자가 되어 살아가다가 내가 죽을 때쯤엔 분가를 시켰어. 더 이상 우리가 영국에 머무를 수 없었기 때문이지. 하지만 분가를 한 후에도 그들은 우리와 떼려야 뗄 수 없는 관계가 되었다네. 내가 뇌에 종양이 생겨 급사할 팔자가 되고 나니 봉인해 두었던 화열검이 생각났거든. 그것을 맡길 만한 사람이 그리 많지가 않았어. 그래서 나는 그들에게 화열검을 봉인할 수 있는 중책을 맡겼다네. 나를 대신해 화열검을 지켜줄 누군가가 나타날 때까지만 말이야.

'그런 뒷이야기가 있을 줄이야……'

―아마 화열검에 대한 얘기는 대가 오래되었어도 간간이 언급되었을 것으로 아네. 화열검이란 그런 존재이니까.

'맞습니다. 화열검은 천하마술단으로 인해 위기를 맞은 이 땅 위에 꼭 필요한 존재가 되었습니다.'

─그래, 화열검은 위기에 봉착한 사람들에게 꼭 필요한 물건이지. 만약 지금이 그때라면 주저하지 말고 화열검을 취하게. 나는 지금까지 천검진의 주인이 나타나기만을 학수고대하고 있었다네. 그것은 엑트린 가문 역시 마찬가지였을 거고.

태하는 케인과 자신의 인연이 어쩌면 우연이 아니었을지도 모른다고 생각했다.

'운명이군요. 저는 엑트린 가문의 마지막 인물과 연이 닿아 있었고, 북해빙궁에서 청명검에게 검을 전수 받았으니 말입니다.'

─그래, 모든 것은 운명일세. 어느 하나 허투루 생각하지 말게나.

천태는 태하에게 마지막으로 화열검의 위치와 그것을 취할 수 있는 방법에 대해 설명하였다.

─화열검은 자연경의 경지에 오른다고 해도 다루기 힘든 검일세. 이놈은 워낙 성질이 고약하고 급해서 자신의 힘을 온전히 다룰 수 없는 자가 검을 잡으면 화마가 발동하여 폭주를 일으키고 스스로를 파멸의 길로 이끌게 된다네.

'잘 다루면 명검이요, 잘못 다루면 악령이라는 소리군요.'

─그래, 맞네. 자네가 만약 천검진을 손에 넣었다면 화열검을 다룰 수 있는 무공을 배울 수 있게 될 걸세. 이것은 내가 말년에 고안한 무공으로 세상의 모든 불길을 다스릴 수 있는

방책이 될 걸세.

'제가 그 가르침을 받아도 될까요? 저는 이미 한빙검을 손에 넣었습니다.'

─그럼 더 잘되었군. 원래 불과 얼음은 서로 성질이 다르지만 그로 인해 강력한 성질이 상쇄되기도 하니 말이야.

태하는 그에게 절을 아홉 번 올렸다.

'그럼 무공을 배우기 위해 절을 올립니다.'

─그래, 이제부터 자네는 나의 제자가 될 걸세. 앞으로 나를 비롯한 방주들의 이름에 먹칠하는 행동은 하지 말아주게.

'명심하겠습니다.'

천태의 사념은 마지막으로 자신에게 남은 모든 내력을 쥐어짜 태하의 뇌리에 화열심경을 각인시키기 시작했다.

치이이이이익!

'크으으으으윽!'

뇌를 불로 지지는 듯한 고통이 찾아왔으나 태하에게 고통이란 오히려 내력을 증진시키는 수단일 뿐이다.

그는 고통을 기꺼이 감수해 내고 화열심경을 얻어냈다.

─아마 당분간 폐관 수련에 들어가야 할 거야. 화마에 당하지 않으려면 말아야.

'예, 알겠습니다.

─이 상자를 보관해 놓은 저택은 나와 엑트린 가문이 함께

지은 건물일세. 그 건물의 우물 깊은 속에는 나와 엑트린 가문의 손때가 묻는 지하 동굴이 존재한다네. 그 동굴에서 이 화열심검을 극성으로 전개할 수 있는 경지에 오르면 자연적으로 화열검을 손에 넣을 수 있을 걸세.

'명심하겠습니다.'

마지막으로 천태의 사념은 태하에게 당부의 말을 남겼다.

─이 세상은 강한 자들이 군림하는 세상이 아니라 모두가 함께 더불어 사는 세상일세. 그것을 잊지 말고 명화방을 조금 더 정의로운 방으로 키워주게.

'예, 알겠습니다.'

이 당부를 끝으로 천태의 사념은 자취를 감추었고, 태하는 드디어 상자를 열 수 있었다.

딸깍!

은희란과 카퍼데일은 넋을 놓고 있는 태하의 안색을 살폈다.

"자네, 괜찮나?!"

"천검진 님, 정신이 좀 드세요?!"

"허억, 허억! 저는 괜찮습니다. 그보다 이 자물쇠에 천태 공의 사념이 잠들어 있었습니다. 저는 그분께 천하마술단에 숨겨진 이야기와 화열검에 대한 얘기를 들었습니다."

"화열검!"

"자세한 것은 제 안전가옥으로 가서 하시지요."

"그러세."

카퍼데일과 은희란은 태하를 따라서 영국으로 향했다.

*　　　　*　　　　*

태하를 따라서 안전가옥 우물가 지하 밀실로 들어선 두 사람은 감탄을 금치 못했다.

"대단합니다! 이런 밀실이 자리 잡고 있었다니!"

"천태 공께서 직접 만드신 곳이라고 합니다. 엑트린 가문도 그에 동조하였고요."

"그렇군요. 이곳이야말로 천태 공의 진짜 유산이 잠들어 있는 곳이겠군요."

"그렇다고 볼 수 있지요."

그는 천태에게서 들은 얘기를 두 사람에게도 들려주었고, 카퍼데일은 이곳을 폐쇄시키고 태하가 오로지 폐관 수련에 들어갈 수 있도록 배려하기로 마음먹었다.

"앞으로 자네가 화열심법을 제대로 익힐 수 있도록 우리가 알아서 방을 이끌어가고 있겠네."

"괜찮을까요? 지금 이렇게 혈전이 벌어지고 있는데 말입니다."

"그래도 이 사태를 진정으로 끝낼 수 있는 방안은 오로지 화열검을 취하는 것밖에는 없네. 자네의 폐관 수련을 철저히 비밀에 붙이고 화열검을 취하는 데 전력을 투구하는 것이 옳아."

"알겠습니다. 대사형의 말씀에 따르겠습니다."

카퍼데일은 은희란에게 태하의 보필을 맡기기로 했다.

"은 박사가 앞으로 사제를 보필해 주고 필요할 때마다 지상으로 올라오도록 하게. 아무리 폐관 수련이라고 해도 사람이 먹고는 살아야 하니 말이야."

"잘 알겠습니다. 제가 천검진 님의 수발을 들겠습니다."

"수발까지는……."

"몰라서 하는 소리일세. 폐관 수련은 그만큼 엄청난 집중력이 필요하다는 얘기야. 당연히 수발을 드는 사람이 있어야지."

"알겠습니다. 그럼 두 분의 생각처럼 저는 폐관 수련에만 집중하겠습니다."

"부디 그래주게."

카퍼데일은 이제 천하마술단 추격에 대한 일을 마무리하기 위해 지상으로 향했다.

"나는 이만 가네. 자네는 지금 당장 수련에 들어가게."

"예, 알겠습니다."

"은 박사, 내 사제를 잘 부탁함세."

"걱정하지 마십시오. 제 눈동자처럼 보살피겠습니다."

"고맙네. 연구마저도 접어두고 이렇게 기꺼이 고생해 준다니 말이야."

"모든 것이 방을 위한 일입니다. 모두가 희생하는 마당에 저라고 가만히 있을 수는 없지요."

"그래, 그럼 부탁하네."

"살펴가십시오."

파바바바밧!

천마군영보를 밟아 다시 우물 위로 올라간 카퍼데일을 바라보며 은화희가 말했다.

"가셨군요. 이제 천검진 님께선 식사를 하는 시간을 제외하고는 무학을 연구하는 데 모든 시간을 집중하십시오. 핸드폰 사용은 물론이고 잡담도 금지입니다."

"알겠습니다."

"잡생각도 필요치 않으니 저 역시 수련을 하면서 조용히 지내겠습니다. 필요한 것이 생기면 전음으로 말씀해 주십시오."

"그리하겠습니다."

"그럼 지금부터 수련을 시작해 주시지요. 저는 필요한 것을 사오겠습니다."

태하는 고개를 끄덕인 후 동굴의 중앙에 가부좌를 틀고 앉아 화열심법을 연성하기 시작했다.

8. 만만치 않은 폐관 수련

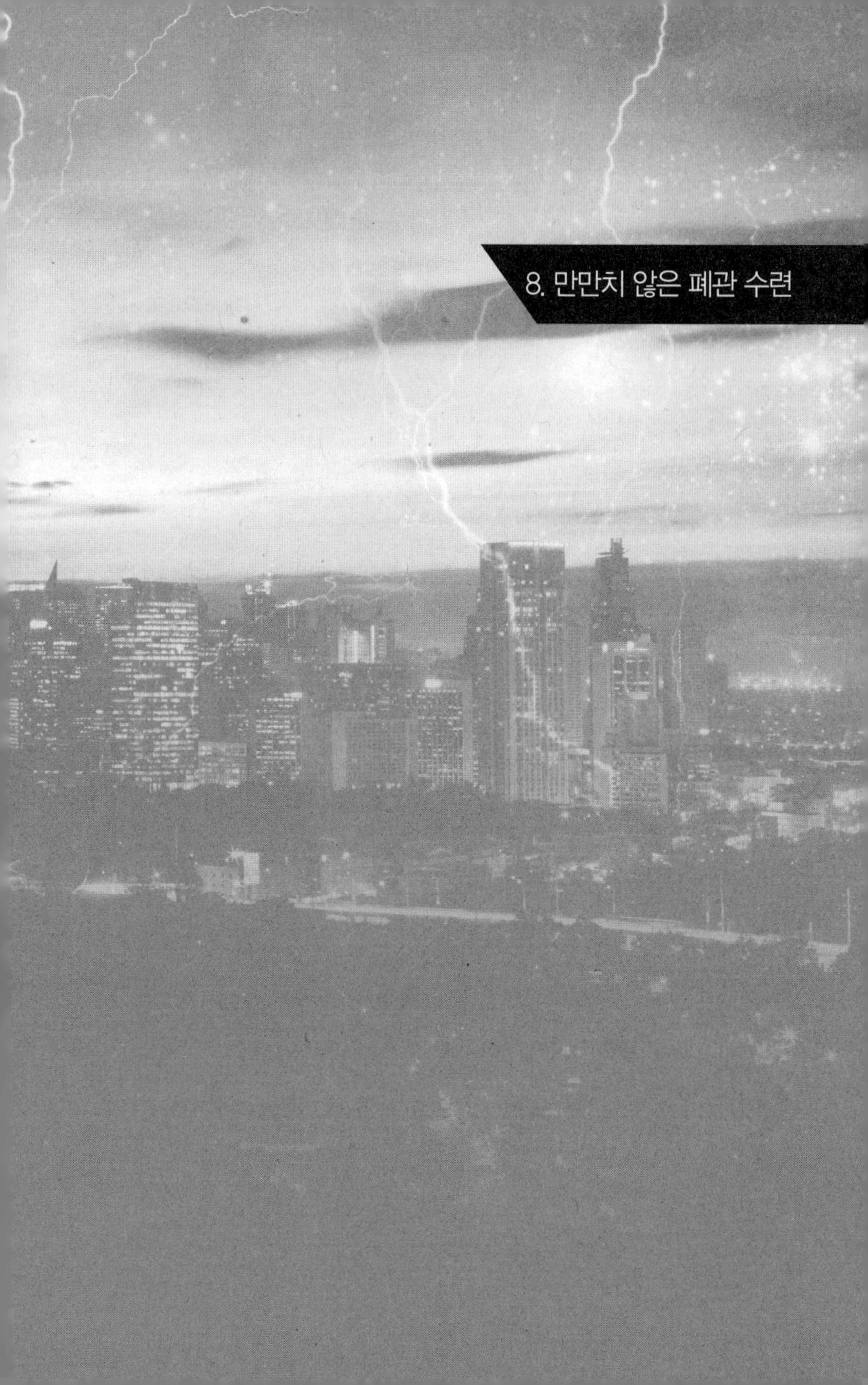

　폐관 수련 첫날, 태하는 화열심법의 구결을 모두 외우고 그에 대한 혈 자리를 연구하기 시작했다.

　화열심법은 오로지 불에 가깝게 만들어진 심결로, 내력을 불로 바꿀 수도 있고 스스로가 불과 하나가 될 수도 있었다.

　한마디로 화열심법은 자연경에 오른 태하의 내력을 오직 불에 최적화된 상태로 만들어줄 수 있는 방책인 것이다.

　그는 건곤대나이와 대동소이한 화열심법의 진기의 전개를 외우고 그 혈도에 대한 고찰을 해보았다.

　태하는 생각보다 빠르게 화열심법의 오의를 깨닫게 되었다.

'불은 강력함과 화려함만을 간직한 것이 아니다. 화는 파멸과 탄생, 그리고 열정을 상징한다. 화열심법은 그 탄생과 열정에 포커스를 맞추고 있다. 천태 공은 인간에게 반드시 필요한 불을 올바르게 다루는 방법은 음양오행과의 조화라고 생각하신 것이다. 그래서 탄생과 열정에 모든 것을 맞춰놓은 것이지.'

그가 한 가지 깨달음을 얻자 무공은 일사천리로 그의 혈도에 자리 잡게 되었다.

스스스스스스!

하지만 한 가지를 얻었으면 한 가지 문제가 발생하게 되는 것이 바로 무공이었다.

화열심법을 익히고 나니 체내에 가득한 건곤대나이와 대설심법, 천검진, 그리고 한빙검의 기운이 서로 충돌하기 시작했다.

쿠그그그그그그!

그것은 마치 지구에 운석과 빙하기가 동시에 온 것과 같은 효과를 가지고 왔다.

쿵쿵쿵!

"크흡!"

미친 망아지처럼 날뛰는 화열심법을 잠재울 수 있는 유일한 방법은 그것을 오로지 태하 자신의 것으로 만드는 것이었다.

그는 상단전에 있는 백회혈 바로 아래에 화열심법이 자리 잡을 수 있는 작은 방을 만들어냈다.

이는 그가 자연경의 경지에 이르렀기 때문에 가능한 일이었는데, 어차피 태하의 몸에 있는 내력은 그 크기와 양이 중요하지 않았다.

자연과 하나가 되어 내공의 공명을 일으키는 태하에게 신체의 그릇이란 그저 형상에 불과하기 때문이다.

백회혈 아래에 소 상단전을 만들고 나니 화열심법은 저절로 진정되었다.

그리고 이것을 다시 자연과 소통시키고 나니 화열심법 역시 자연의 일부가 되어 온전히 태하의 것이 되었다.

태하는 어째서 화열검을 가진 자가 자연경에 이르러야 하는지 이해할 수 있을 것 같았다.

화마 역시 자연의 일부분이니 제아무리 날뛰는 불길이라고 해도 자연 현상 앞에선 그저 작은 순환에 불과해질 것이다.

스스스슷!

심결을 갈무리하고 나니 그의 몸에선 실제 불길이 일어나 고리를 만들어냈다.

화르르르르륵!

"후우!"

그는 불의 고리를 다시 집어삼켜 몸속에 가두었다.

이제 드디어 그는 불을 자유자재로 다루는 사람이 된 것이다.

*   *   *

수련 삼 일 후, 태하는 자신이 수련에 들어간 밀실 안에 엄청난 양의 기운이 잠들어 있음을 깨닫게 되었다.

태하는 동굴 바닥에 뭔가 엄청난 열기가 봉인되어 있고, 이것이 바로 화열검이라는 것을 알 수 있었다.

그는 어째서 이런 동굴에 화열검을 봉인했는지 알 수 있을 것 같았다.

"수와 금은 화를 봉인하기에 가장 적합한 성질이니 이곳에 화열검을 봉인하는 것은 어쩌면 당연한 일이다. 그래, 그래서 봉인의 장소로 영국이 지목된 것이겠지."

유난히도 수의 기운이 강한 영국이라면 제아무리 화마라도 충분히 잠재울 수 있을 터였다.

그는 동굴 바닥에 마권장을 날렸다.

"허업!"

콰앙!

마권장을 맞은 바닥이 갈라지면서 작은 용암 화산이 돌출되어 올라왔다.

퓨슈우우우우욱!

고오오오오!

"이, 이것이 바로 화열검의 정체?!"

화열검이 중심축으로 자리 잡은 용암 화산은 사방으로 새빨간 용암의 천벌을 내리기 시작했다.

쾅쾅쾅쾅!

태하는 함께 수련을 하고 있던 은화희를 밖으로 내보내기로 했다.

―나가 계십시오! 이곳은 위험합니다!

―예, 알겠습니다!

은화희가 우들 밖으로 나간 후, 태하는 자신을 자연 속에 녹아들게 만들어 화열검이 들어 있는 용암에 몸을 담갔다.

치이이이익!

"뜨겁구나!"

지금 태하의 경지가 자연과의 일체라곤 해도 용암에 들어간다는 것은 상식적으로 말이 안 되는 일이다.

하지만 화열심법은 그것을 가능케 하였다.

그러나 화열검이 있는 곳까지 내려가기엔 아직 화열심법의 연성이 한참은 부족한 것 같았다.

그는 용암에 자신을 담그고 화열심법을 연성하기로 마음먹었다.

'정신일도하사불성, 정신만 집중한다면 못 할 것이 없다!'

그는 화열검과의 싸움을 위해 용암 속 수련에 들어갔다.

*   *   *

테러리스트들의 협박이 있은 지 어언 나흘째, G20 회원국들은 별다른 공식 입장을 내놓지 않고 있는 상황이었다.

각 나라의 대표들은 서로 협조할 부분이 있으면 협조하겠다는 입장만 밝히고 있을 뿐, 군사적 입장이나 영토권에 대한 입장은 전혀 언급하지 않았다.

이것은 G20의 결집력이 약화된 것이 아니냐는 의견까지 나돌게 만들었다. 하지만 이들 나라의 대표들은 여전히 말이 없었다.

전문가들은 경제협력 기구인 G20의 영향력이 군사적, 외교적 입장까지 대변할 수 없다는 점에서 그들의 한계에 대해서 거론하였다.

하지만 이것은 그들의 사정을 잘 모르기 때문에 하는 얘기였다.

지금 G20 회원국들은 정보국의 인력을 대표단 되찾기에 쏟아붓고 있었고 이미 어지간한 군사 협약이나 영토권 협약이 거의 마무리된 상태였다.

다만 이 협약이 비공식적인 협약이기 때문에 상황이 반전된 이후엔 과연 어떤 국면을 맞이하게 될지는 미지수였다.

그런 가운데 이들보다 먼저 적의 본거지를 찾아서 움직이는 사람들이 있었다.

스위스 제네바에 모인 55명의 현무단원들은 이미 천하마술단의 동선을 파악하고 그들이 어디로 움직였는지에 대한 대략적인 데이터를 산출해 냈다.

이제 이곳에서부터 어디로 패닉 룸을 옮겼는가에 대한 추리만 해내면 그들이 천하마술단을 잡는 일은 식은 죽 먹기가 될 것이다.

현무단 부단주 최익현은 스위스 제네바로 온 화물에 대한 기록을 모두 찾아보고 패닉 룸과 가장 비슷한 것들만 추려냈다.

크기와 무게, 생김새, 심지어 물건의 색깔까지 맞춰서 그에 부합되지 않는 물건은 전부 제외시켰다.

하지만 그랬음에도 불구하고 후보들의 대략적인 숫자는 무려 550개에 달했다.

최익현은 여기까지 온 것이 일의 막바지에 달한 것이라고 생각했다.

"한 사람 당 열 개씩만 수사해도 일은 끝이 날 것이다. 각자의 앞에 하달된 후보지로 지금 당장 날아가 수사를 시작할 수 있도록."

"만약 550개를 다 뒤져서 그들을 찾지 못하면 어떻게 되는 겁니까?"

"처음부터 다시 차근차근 조사한다."

"예, 알겠습니다."

현무단에게 포기라는 단어는 절대 있을 수가 없었고 있어서도 안 되는 일이었다. 한 번 물면 절대로 놓지 않는 근성을 단의 기본 이념으로 삼고 있었기 때문이다.

최익현은 자신에게 하달된 지역 열 군데의 리스트를 쭉 훑어보았다.

"알프스 산맥으로 가는 길목에 다섯 곳, 산맥 중턱에 다섯 곳이군."

"부단주님께서 맡으신 그곳들이 바로 가장 유력한 후보지입니다. 아마 이곳에서 그들의 흔적을 찾을 확률이 가장 크겠지요."

현무단은 단주를 제외한 모든 구성원이 균등하게 일을 배분 받기 때문에 부단주라고 해서 위험 요소가 낮은 일을 받지는 않는다.

오늘은 오히려 최익현의 담당 구역이 가장 위험하고 적과 마주칠 확률이 가장 높을 것으로 보였다.

하지만 그는 이런 위험들이 자신과 가장 잘 어울린다고 생각하는 사람이다.

"후후, 잘되었군. 일은 위험할수록 더 구미가 당기는 법이지."

"하지만 조심하십시오. 놈들은 우리의 생각보다 더 위험한 놈들입니다. 날이 가면 갈수록 진화하고 있기 때문이죠."

"알아. 그러나 우리 역시 진화하고 있다. 현무단은 끝없이 진화하고 탈피하는 집단이다. 저들 못지않은 괴물들이지."

현무단은 자신들이 괴물이라는 것을 아주 자랑스럽게 여기는 사람들이니만큼 어떤 일에도 자신감이 넘친다.

최익현은 그들의 부단주로서 자신이 가장 강력해야 한다는 것을 잘 알고 있다.

그런 이유에서인지는 몰라도 최익현은 철저한 금욕주의자에 완벽주의자로 무력만큼은 단주를 넘어선다는 평가를 받고 있다.

그는 자신이 수련한 무공을 마음껏 사용할 수 있다면 그어떤 위험도 감수하겠다고 생각했다.

"좋은 여행이 되겠군."

"작전은 언제부터 시작합니까?"

"지금 당장 시작한다. 우리에게 남은 시간은 없어. 가능할 때 놈들을 치고, 빠질 때 빠지는 것이 좋아."

"예, 알겠습니다."

"그럼 멀쩡한 얼굴로 다시 만나자."

"예!"

현무단은 순식간에 55개의 구역으로 나누어 흩어졌다.

*　　　　*　　　　*

스위스 인터라켄의 기차역 화물 보관소로 최익현이 찾아왔다.

화물 보관소 관리인 파스칼 데켄은 최익현과 중국에서 동문수학한 사이로, 지금은 스위스 정보국에 소속되어 있었다.

파스칼이 이곳에서 관리인으로 일하고 있는 것은 범세계적 범죄 집단인 '싸이콜로'의 배후를 캐내기 위함이었다.

싸이콜로는 주로 인신매매를 일삼는 무리인데, 그 규모가 한 달에 1천 명을 해치울 정도로 엄청났다.

중국과 러시아, 미국, 캐나다, 스위스, 프랑스 등, 사람이 있는 곳이라면 어디든 찾아가 자신들이 필요로 하는 대상들을 납치하는 그들이었다.

현재 전 세계적으로 문제가 되고 있는 장기 밀매나 인육, 인골, 혈액 밀수의 가장 큰 손이 바로 싸이콜로라는 것이 인터폴의 판단이었다.

이미 유럽연합 소속 정보국들은 전부 싸이콜로를 잡기 위한 정보망을 구성하고 각 나라별로 핫라인까지 구축한 상태였다.

아무리 유럽연합의 소통이 원활하다곤 해도 이 정도로 밀도 높은 공조 수사가 진행된 적은 단 한 번도 없는 바, 싸이콜로의 행동반경은 그만큼 대단하다는 뜻이다.

자신을 찾아온 최익현에게 파스칼은 아주 흔쾌히 초대형 화물에 대한 정보를 나누어주었다.

"천하마술단이라… 어디선가 한 번쯤 들어본 것 같은 이름이군."

"이번 G20 정상회담에서 대규모 테러와 납치 사건을 일으킨 놈들이 바로 천하마술단이라더군."

"허어! 우리 정보국에선 어째서 그런 고급 정보를 놓치고 있던 것이지?"

"알려진 정보가 별로 없으니 그랬겠지. 그들은 아주 오래전부터 존재하고 있었지만 자세한 내막에 대해 아는 사람이 거의 없어. 나도 그들의 이름만 알고 있을 뿐 자세한 정보는 몰라."

"그렇군."

파스칼은 현무단의 정보력이 가히 최상급이라는 것을 잘 알고 있기 때문에 그가 이정도로 말한다는 것은 천하마술단이 얼마나 신출귀몰한지 굳이 말하지 않아도 알 수 있었다.

그는 최익현에게 초대형 화물이 지나간 기록지를 건네주었다.

"받게. 이게 최근 한 달 사이에 이곳을 지나간 화물 기차에 대한 기록 전부일세."

"으음, 고맙군. 원하는 정보가 있다면 말하게."

"싸이콜로에 대한 정보를 원하지만, 그들에 대한 정보도 천하마술단만큼이나 희귀해서 오로지 싸이콜로에만 매달리는 사람이 아니면 구하기가 힘들어."

"안타까운 일이군. 나중에라도 필요한 정보가 있으면 말해 줘. 도움이 될 수 있다면 힘닿는 데까지 돕겠네."

"고마워. 나중에 그럴 일이 생기면 꼭 연락하겠네."

이제 최익현은 파스칼이 건네준 기록 중에서 자신이 찾는 대상이 있는지 열람해 보았다.

"흐음……."

"찾는 것이 있나?"

"눈에 확 들어오는 것은 없는 것 같아."

"그렇다면 기차가 아니라 배편으로 들어온 물건을 찾는 것은 어때?"

"배편?"

"내 동료가 수상 화물을 취급하는 임시 보관소에 있어. 알다시피 이곳까진 배로 물건을 옮길 수도 있잖아?"

그는 무릎을 쳤다.

"아아, 그런 방법이……!"

"일단 한번 가보자고. 그곳에서 놈들의 흔적을 찾을 수 있을지는 모르겠지만 그래도 안 가보는 것보다는 나을 테니."

"고맙네."

"뭘, 이런 것을 가지고."

중국에서 동문수학하던 사이이니만큼 서로 도움을 많이 주고받던 파스칼과 최익현은 왕래는 별로 없어도 꽤나 돈독한 사이였다.

정보국 요원이 외부인에게 이 정도까지 협조한다는 것은 아주 이례적인 일로, 아마 정보국 전체를 털어보아도 이런 사례는 드물 것이다.

잠시 후, 두 사람은 기차역 바로 아래에 있는 선착장으로 향했다.

뿌우!

기적 소리가 힘차게 울려 퍼지는 이곳 호숫가 선착장은 주로 유람선들이 들어오지만 가끔 상선이 들어오기도 했다.

파스칼은 동료 오스카에게 선박의 출입 일지를 열람할 수 있도록 부탁했다.

"이곳의 출입 일지를 좀 볼 수 있겠나? 꼭 필요해서 그래."

"뭐, 자네가 그렇게 말한다면 못 보여줄 것도 없지."

오스카에게서 출입 일지를 받은 파스칼은 그 안에서 최익현이 원하는 자료가 있는지 찾아보았다. 그리고 잠시 후, 그는 한 곳을 손가락으로 지목했다.

"찾았어!"

"정말인가?!"

"이놈들, 기차와 트레일러, 배를 번갈아가면서 사용했군. 알프스 산맥 중턱으로 갔어. 아마 그곳까지 기차가 갈 수는 없으니 중간에서 환승을 하겠지."

"환승을 하기 전에 그놈들을 잡는 것이 관건이겠군."

"그렇다고 볼 수 있지."

"고맙네! 이 은혜는 반드시 갚겠네!"

"은혜는 무슨, 일 끝나면 술이나 한잔하세."

"좋지!"

최익현은 전용 헬리콥터를 타고 천하마술단의 뒤를 쫓았다.

*　　　*　　　*

천하마술단 스위스 알프스 산맥 비밀 연구실 안.

사방에 카메라가 설치되어 있고, 그 중심에는 대략 열 명의 사내들이 줄을 지어 앉아 있었다.

그들은 모두 고개를 푹 숙인 채 마치 죄인처럼 아무런 말도 하지 않은 채 침묵을 지키고 있었다.

천하마술단의 단주 카미엘은 그들에게 물 잔을 건넸다.

"자, 드시오."

"……"

"벌써 일주일째 물 한 모금 입에 대지 않고 있잖소? 이렇게 시간이 자꾸 흐르면 그대들의 목숨은 나 역시 보장하기 힘들어진단 말이오. 난 당신들의 조국이 내 조건을 들어준다면 목숨을 보장해 주기로 했단 말이외다. 나를 거짓말쟁이로 만들 생각이오?"

"…마음대로 해라. 우리는 네놈의 말 따윈 들을 생각이 없으니. 차라리 죽여라. 더 이상의 삶은 희롱일 뿐이다."

"역시 한 나라의 수장들은 뭔가 달라도 다르군요. 목숨을 구걸하느니 차라리 죽음을 택하겠다?"

"한 나라를 책임지는 사람으로서 협상의 도구가 되는 것만으로도 수치스러울 판에 목숨까지 구걸한다면 도대체 어떻게 살아가겠는가?"

"하하하! 목숨을 그리 쉽게 포기하다니, 사람이 그래서야 쓰겠소? 목숨은 소중한 것이오. 당신도 엄연히 따지자면 한 나라의 백성 아니오? 백성이 백성을 위해 목숨을 바친다니, 뭔가 앞뒤가 맞지 않잖소? 차라리 왕이라면 모를까."

"…헛소리할 것이라면 그냥 좀 꺼져주시지. 머리가 아파오려 하는군."

"후후, 욕지거리가 나온다? 아직까진 살 만한 모양이오?"

카미엘은 주머니에서 아주 얇은 송곳을 꺼내 들었다.

스릉!

"욕도 살 만할 때 나오는 것이라지?"

"뭐, 뭐 하는 거요?"

"내가 가만히 생각해 보니 욕지거리가 튀어나올 때까지 고문을 하지 않고 뭘 한 것인지 모르겠어."

"…이제는 하다하다 별짓을 다 하는군. 그래, 어디 한번 해 보라고!"

"후후, 그 패기가 어디까지 가는지 한번 두고 보겠소."

카미엘은 캐나다 총리의 손톱 아래에 가는 송곳을 찔러 넣었다.

푸욱!

"끄아아아아아아악!"

"손톱 아래의 신경은 아주 예민하지. 그거 아시오? 손톱을 뽑고 그 살을 후벼 파는 것이 허벅지의 살을 도려내는 것보다 훨씬 아프다는 것을 말이오."

"이, 이런 씨발! 으아아아아악!"

끔찍한 비명이 연구실을 가득 채워 나갔고, 열 명의 사내는 버럭 소리를 지르며 카미엘을 저지했다.

"그만! 어찌 사람의 탈을 쓰고 그런 짓을 할 수 있단 말이냐?!"

"차라리 죽이려면 죽이고 살려두려면 살려둘 것이지, 고문이 웬 말이야?! 개새끼들, 언젠가는 법의 심판을 꼭 받게 될 것이다!"

"하하하! 법의 심판이라? 난 이 세계를 재창조할 것이다. 너희들은 내가 창조한 세계에서 감사하며 살아가게 되겠지. 만민 평등의 세상이 도래하게 되면 나의 이런 행보는 복음처럼 이 세상에 널리 퍼져 나갈 거야."

"…빌어먹을 미친놈!"

"하하! 그래, 미쳤다고 손가락질해라! 원래 선구자들은 욕을 먹는 법, 나를 손가락질한 그 손가락을 원망하게 될 날이 분명 올 것이다."

잠시 후, 카미엘의 곁으로 일레이나가 다가왔다.

"고문을 하고 계십니까?"

"말을 너무 안 듣는군. 사람이 호의를 베풀면 그것을 받아들일 줄 알아야 하는데, 싸가지가 너무 없어. 이래서 무슨 새로운 세상의 자유 시민이 되겠나?"

"그럼 그냥 죽이시지요."

"아직은 때가 아니야."

일레이나는 카미엘에게 사진 한 장을 건넸다.

그는 고개를 갸웃거렸다.

"이게 누구인가?"

"현무단이라는 단체를 아시는지요?"

"…잘 알지. 대략 3~400년 전쯤에 우리 천하마술단을 미친 듯이 괴롭히던 정방사신회의 일원 아닌가?"

"예, 맞습니다. 그 현무단이 움직인 것 같습니다. 팔뚝을 자세히 보시지요."

사진 속에는 푸른색 현무가 팔뚝에 자리 잡은 사내의 모습이 있었는데, 이 푸른색 현무 문신은 정방사신회의 현무단을 뜻하는 것이다.

카미엘은 딱딱하게 굳은 시선으로 그녀를 바라보았다.

"이놈을 찍은 곳이 어디인가?"

"베른입니다."

"그렇다면 우리가 이곳에 있다는 사실을 어렴풋이 알고 있다는 뜻이 되겠군?"

"예, 카미엘 님."

"끈질긴 놈들이군. 도대체 몇백 년 동안이나 우리를 추격하고 있는 거야?"

"그놈들이 생겨난 의의가 바로 우리 때문이니 어쩌면 당연한 일이겠지요."

"후후, 하긴, 그건 그렇군."

카미엘은 고문 도구를 내려놓았다.

"허억, 허억!"

"이보시오, 총리. 사람이 그렇게 앞뒤가 꽉 막히면 하고 싶은 일을 제대로 하지 못하는 법이오. 새로운 세상을 위해 가슴을 좀 여는 법을 배우시오. 인생의 선배로서 말해주는 것이오."

"……?"

겉모습으로 본다면 이제 서른을 갓 넘긴 카미엘의 말이 이해가지 않는 총리들이다.

하지만 지금까지 천 년을 넘게 살아온 카미엘의 과거에 대해서 알고 난다면 입을 꾹 다물 수밖에 없을 것이다.

카미엘이 자리에서 일어섰다.

"이 사람들이 물도 입에 대지 않겠다고 계속 우긴다면 포도당이라도 좀 주게. 이러다가 정말 사람 잡겠어. 송곳으로 손가락을 찔러도 꿈쩍하지 않는 사람이라니, 지독해도 아주 넌덜머리가 날 정도로군."

"예, 알겠습니다."

자리에서 일어선 카미엘은 현무단을 맞이하기 위한 준비를 서두른다.

"현무단이 이곳으로 온다는 것은 결국 그들이 온다는 것 아니겠나? 그렇다면 제대로 손님을 맞을 준비를 해야겠지?"

"저도 함께하겠습니다."

"그래, 그래주게나."

카미엘은 일레이나와 함께 연구실 밖으로 향했다.

*   *   *

스위스 알프스 산맥의 중턱.

휘이이이이잉!

만년설이 군집을 이룬 알프스산맥의 꼭대기가 바로 보이는 중턱에선 날카로운 눈보라가 몰아치고 있었다.

최익현은 이곳이 천하마술단의 새로운 본거지임을 직감하였다.

"이곳이다! 바로 이곳이야!"

사방에 만년설이 가득한 이곳이지만 지금 그의 볼을 스치는 이 바람이야말로 엄청난 괴리감으로 가득 차 있었다.

사람이 인위적으로 만들어낼 수 있는 현상이 아닌 이 눈보라는 분명 천하마술단의 작품이 분명했다.

최익현은 이곳의 좌표를 정방사신회 중앙회의로 전송하였다.

삐빅!

위성 장치를 통하여 금세 좌표를 전송하고 난 최익현은 지금의 이질적인 바람이 어디서 불어오는 것인지 확인해 보기로 했다.

만약 이 바람의 근원지를 찾아낸다면 각국의 정상들이 있는 곳을 찾아낼 수 있을 터였다.

하지만 그의 등반을 방해하는 손길이 나타났다.

피융!

"허억!"

재빨리 몸을 비틀어 의문의 비수를 피해낸 최익현은 자신을 향해 달려오는 한 그림자를 발견했다.

쿵쿵쿵!

"크하하하! 이건 또 뭐 하는 애송이냐?!"

"…가란델?!"

최익현은 500년 전에 이 땅에 나타났던 가란델이 얼마 전에 나타났다는 보고를 받기는 했지만 반신반의하고 있었다.

그는 자신의 눈앞에 나타난 가란델이 현물이라는 것에 경악을 금치 못했다.

"나의 이름을 알아주다니, 이거 참 영광이로군."

"가란델, 네 이름은 익히 들어서 알고 있다. 500년 전에는 명예를 아는 기사였다고 하던데, 지금은 어째서 그런 꼴이 되었는가?"

"꼴이 어떻든 간에 주인에게 충성하는 기사임에는 틀림없다. 너와 나는 섬기는 주인이 다를 뿐 근본은 같은 것이지."

"나는 최소한 죽은 사람이 되살아나 산 사람의 곁을 맴도는 일은 하고 싶지 않다. 그것이 진정 주인을 위하는 일이라고 해도 말이다. 이 세상은 이 세상의 룰이라는 것이 있고, 그것은 절대 변해선 안 될 틀이다."

"크크, 그야 내 알 바 아니지. 나는 내 주인이 정해준 길을 가면 그만이다."

가란델은 최익현의 얼굴에 다시 한 번 비도를 날렸다.

핑핑핑!

최익현은 자신의 등에 매달려 있던 봉을 꺼내 들었다.

그의 봉은 길이를 마음대로 조절할 수 있게끔 설계되어 있어서 휴대가 용이하고 싸움에 응용할 수도 있었다.

티잉!

봉을 이용하여 비도를 쳐낸 최익현은 빠르게 쇄도하여 나갔다.

"죽은 사람은 저승으로 가야 하는 법! 네가 가기 싫다면 내가 직접 보내주마!"

"크흐흐, 이제 곧 네놈도 죽은 목숨이 될 텐데 뭘 그리 발광하고 그러나? 죽어라!"

가란델은 눈밭에 파묻혀 있는 거대한 창을 꺼내 들었다.

쐐에에에에엥!

마치 강철 기둥처럼 묵직하게 파공성을 만들어낸 가란델의 창은 최익현의 머리를 빠르게 노리며 날아들었다.

부웅!

최익현은 그의 창을 정통으로 막아내며 한 발자국 뒤로 몸을 물렀다.

까앙!

"……!"

"크크, 오늘은 현무 고기를 먹어보겠구나!"

"흥, 어림없는 소리!"

최익현은 가란델의 일격에 잠시 주춤하긴 했지만 이내 본연의 실력을 뽐내기 시작했다.

"오색약!"

현무봉법의 오색약은 다섯 개의 구결로 된 초식이지만 그 허리와 머리를 이루는 두 개의 수에는 무려 250가지의 변초가 숨어 있다.

쉬이이이익!

마치 뱀의 머리처럼 자유자재로 휘어지는 오색약의 첫 번째 변초는 가란델의 눈동자가 번쩍 뜨이도록 만들었다.

퍼버버버벅!

"크허억!"

"놈, 오랜만에 임자 만난 줄 알아라!"

오색약의 첫 번째 변초가 끝난 후, 그 몸통이라 할 수 있는 단일 초수가 세 번 이어졌다.

빠아아악!

이 단일 초수에는 축축한 물기가 깃들어 있었는데, 이 물기에 내력이 더해져 마치 물 곤장을 치는 듯한 효과가 났다.

그 이후엔 마지막 변초이자 허리 부분인 두 번째 변초가 가란델의 몸통을 후려쳤다.

퍼억!

"끄아아아악!"

"오늘에야말로 네놈의 초상을 치러주마!"

혼을 쏙 빼놓는 오색약의 다섯 가지 타격에 가란델은 정신을 놓고 설원 위를 굴렀다.

최익현은 그런 그를 봉으로 두들겨 팼다.

퍽퍽퍽퍽!

"사술로 일어났으니 다시 시신으로 돌아가는 것이 자연의 순리다!"

하루 종일 봉으로 두들겨 맞은 가란델이 이내 창을 곧추 세운 후 다시 용수철처럼 일어났다.

파밧!

"…이놈, 나를 잘도 농락했겠다!"

그의 창끝은 푸른색 용으로 변했고, 최익현은 놀라서 한 걸음 뒤로 물러났다.

"청룡비선격?!"

"죽어라!"

—크아아아앙!

청룡비선격이 최익현을 향하자, 그는 한 발자국 물러나 그 수를 막아낼 초식을 펼쳤다.

"수결!"

최익현의 봉에서부터 세찬 물줄기가 뿜어져 나오더니 이내 그 물줄기가 하나의 막이 되어 그의 몸을 감쌌다.

지이이이잉!

물의 막이 생겨 청룡비선격을 막아냈고, 그 막은 일격에 깨져 다시 공중으로 흩어졌다.

촤락!

최익현은 청룡비선격을 뿜어낸 후엔 반드시 빈틈이 생긴다는 것을 익히 잘 알고 있었다.

"수결장!"

스스스스!

그의 봉 끝에 물이 맺히더니 이내 그것이 거대한 소용돌이가 되어 가란델의 얼굴에 강력한 일격을 꽂아 넣었다.

쾅앙!

"끄아아아악!"

단말마의 비명이 스치고 난 후, 가란델의 몸은 사지가 갈가리 찢겨 공중의 먼지로 사라졌다.

그는 가란델을 해치운 후 한 조각 남은 심장의 일부분을 잘 갈무리했다.

"다시는 소생하지 못하도록 내가 수장시켜 주마."

심장을 갈무리한 최익현이 고개를 들자, 그의 앞에 막혀 있던 바위가 서서히 옆으로 움직이며 두 남녀가 걸어나왔다.

그그그그, 쿵!

"저런 곳에 입구가 있었다니, 놀라운 위장술이군."

"위장술이 아니라 과학의 힘이라고 하는 것이다. 무공이 모든 것을 꿰뚫을 수는 없는 법이지."

"쳇, 그렇군."

최익현은 자신의 앞에 서 있는 은발의 청년에게 물었다.

"네놈이 천하마술단의 단주인가?"

"그렇다. 네놈을 죽이기 전에 통성명이나 하고 싶군. 내 이름은 카미엘이다."

"현무단의 최익현이다. 네 수급을 가지고 돌아간다면 단주께서 아주 기뻐하시겠군."

"후후, 꿈은 크면 클수록 좋다고 하긴 하더군."

"간다!"

그는 봉을 고쳐 잡았고, 카미엘은 그것이 선전포고라는 것을 알고 있다.

"그래, 오랜만에 몸 좀 풀어볼까?"

카미엘은 검을 꺼내어 최익현의 봉을 가볍게 쳐냈다.

까앙!

최익현은 카미엘의 검에 맞은 자신의 뼈가 찌릿찌릿해져 오는 것을 느꼈다.

순간, 그는 자신이 이곳에서 오늘 죽을 것임을 직감했다.

'단주, 부단주로서 더 이상 보필해 드릴 수 없음을 용서하십시오.'

죽음을 목전에 둔 최익현은 백절불굴의 의지로 몸을 날렸다.

9. 불멸의 남자 카미엘

　화마와 싸운 지 열흘째, 태하는 이제 서서히 용암의 밑바닥으로 내려갈 수 있는 힘이 생겼다. 하지만 여전히 화열검은 태하에게 마음을 내어주지 않고 있었다.

　화열검이 잠들어 있을 바닥의 넓은 돌무덤은 태하의 손을 거부한다는 듯이 그에게 마구 불길을 쏘아내고 있었던 것이다.

　치이이이익!

　"으으윽!"

　이제 용암 속에서도 숨을 쉴 수 있을 정도가 되었건만 화열검은 태하의 손에 화상을 입힐 정도로 뜨거웠다.

화열검이 신물이라는 것을 새삼 실감하게 되는 태하였다.

"정말 쉽지 않은 일이군. 이래서 폐관 수련이 힘들다고 하는 것이었구나."

만약 여기서 태하가 깨달음을 얻지 못하고 벽에 부딪치기라도 한다면 화열검은 10년, 20년, 어쩌면 100년이 지나도 얻을 수 없을지도 모른다.

그러나 그는 조바심을 내지 않았다.

"뜻이 있는 곳에 길이 있는 법이다."

그는 화열검이 봉인된 의의에 대해 고찰해 보기로 했다.

천태는 화열검이 가진 능력을 전부 다 개방시켜 화마가 펼치는 절대 경계에 검을 봉인시켰다.

검을 이렇게까지 봉인시켜야만 하는 이유가 과연 무엇인지 생각해 보니 답이 쉽게 떠올랐다.

그것은 바로 들끓는 화마를 다스릴 수 없을 바에야 차라리 검을 취하려는 사람이 죽는 편이 낫기 때문이다.

그러나 태하는 검을 취하기 전에 화마에 휩싸여 죽는 불상사를 겪지 않고 지금까지 살아남아 있었다.

어쩌면 지금 태하는 아주 중요한 한 가지를 잊고 있는지도 몰랐다.

"그래, 이 아래로 더 내려간다고 사람이 죽는 것이었다면 이미 나는 용암에 녹아 죽었을 것이다."

순간, 태하는 자신이 서 있는 이곳이 용암이 아니라 그냥 멀쩡한 땅이라는 것을 깨달았다.

팟!

다시 눈을 떠서 주변을 둘러보니 그가 한참이나 씨름하고 있던 바닥에는 용암은커녕 불씨 하나 없었다.

그는 실소를 흘렸다.

"후후, 애초에 용암에 사람이 들어가 멀쩡하게 서 있는다는 것부터가 말이 안 되는 것이었다. 화열검의 화마가 위험한 것은 그것에 내뿜는 무력 때문이 아니라 무력이 가져다주는 허상 때문에 위험한 것이다. 천태 공은 그런 것을 염려하여 화열검의 허상을 이곳에 펼쳐놓은 것이었군."

모든 것이 허상이었다는 것을 깨닫고 나니 그의 앞에 엄청난 크기의 검이 땅바닥에 꽂혀 있다.

검의 폭은 50㎝, 길이는 무려 2.3미터에 달했다. 그 두께는 15㎝나 되었고 손잡이에는 붉은색 줄이 매달려 있었다.

마치 몽둥이에 붉은색 줄을 매달아놓은 것 같은 느낌이 들 정도로 무식하게 큰 검이었다.

"이, 이것이 바로⋯⋯."

태하가 이 엄청난 크기의 대검을 잡자 붉은색 줄이 태하의 팔을 휘감았다.

휘릭!

붉은색 줄이 태하의 팔을 감싸자마자 그의 몸에서 엄청난 열기가 발산되기 시작했다.

고오오오오오!

"크윽!"

이 엄청난 불길은 태하의 몸이 녹아버릴 정도로 강렬했고, 만약 조금이라도 정신을 놓으면 그대로 황천길로 직행할 것 같았다.

태하는 이번에야말로 화열검의 화마가 진가를 발휘한다는 것을 직감하였다.

그는 검의 손잡이를 부여잡고 공중에서 가부좌를 틀고 앉았다.

척!

화열심법의 구결을 머리에 새기며 가부좌를 틀고 앉자 화열검의 붉은색 끈이 더욱 강력하게 화마를 전개하기 시작했다.

화르르르르륵!

이제는 몸에서 난 땀이 증발할 정도로 열이 높아졌고, 더 이상 그의 신체는 화마를 버틸 수 없을 것이다.

그러나 태하의 정신력은 그것을 뛰어넘을 수 있었다.

'역마경의 경지는 네 화마를 진기로 되돌릴 것이다!'

화열검의 공격이 거세질수록 태하의 단전은 역마경을 이용하여 그것을 진기로 빠르게 바꾸어냈다.

스스스스스!

그러자 화열검의 화마가 점점 태하에게로 흡수되어 이제는 그의 팔에 붉은색 끈이 녹아들어 검과 태하가 하나가 되었다.

잠시 후, 태하가 눈을 떴다.

콰과과광!

화열검의 화마가 태하의 몸에 합쳐지면서 그의 몸에서 엄청난 압력이 발생하여 동굴을 붕괴 직전까지 몰고 갔다.

하지만 이제 화마를 자신의 것으로 만든 태하는 그것이 날뛰기 전에 진정시켜 다시 단전 안으로 갈무리하였다.

"후우⋯⋯."

태하는 자신의 오른손에 있는 화열검을 바라보았다.

아주 정교하게 다듬어진 검신에는 마치 유황불이 일렁거리는 듯한 무늬가 새겨져 있었으며, 굽이쳐 흐르는 검날의 문양은 불꽃의 머리를 형상화시켜 놓은 것 같았다.

한빙검이 아주 도도한 여성이라면 화열검은 자신의 강함을 유감없이 뽐내는 강인한 남성이었다.

마치 천하 통일을 목전에 둔 장수처럼 단단하고 늠름한 기품을 뿜어내는 화열검은 태하가 본 검 중에서 단연 최고의 명검이었다.

그는 화열검을 들고 자리에서 일어나 자신의 앞에 있는 거대한 바위를 향해 휘둘렀다.

부웅, 솨아아아아!

거대한 검신이 내뿜는 묵직함은 검풍을 일으켜 사방에 흩어져 있는 먼지까지 불태워 버렸다.

고오오오오, 콰앙!

아주 강렬하게 모든 것을 불태워 버리는 화열검의 위엄은 가히 검제라 할 만했다.

"그래, 어째서 화열검을 그토록 봉인하고 싶어했는지 알 것도 같군. 피에 미친 사람이 이 검을 손에 넣는다면 아주 끔찍한 일이 일어나고 말겠어."

만약 적으로 화열검을 만났더라면 과연 어떤 일이 벌어질지 상상조차 하기 싫은 태하였다.

태하는 더 이상 화열검이 쓸데없는 피바람을 일으키지 못하도록 영원히 함께할 생각이다.

"죽어서도 네 힘과 함께하겠다."

스릉!

그의 말에 대답하듯이 낮게 우는 화열검이다.

*   *   *

천하마술단의 본거지로 300명의 명화방 고수들과 350명의 정방사신회 고수들이 모여들었다.

이들은 카퍼데일을 필두로 천하마술단을 깨부수고 각국의 정상들을 구해내기 위해 모인 것이다.

또한 현무단의 부단주 최익현을 구하기 위함이기도 했으나 그의 생사는 이미 불투명한 지경이었다.

카퍼데일과 그의 측근들은 눈발이 흩날리는 설원을 바라보며 하나같이 의견을 모았다.

"꾸며진 설원입니다. 이 근방에 카미엘 그 작자가 있는 것이 분명합니다."

"그래, 그런 것 같군."

잠시 후, 카퍼데일의 머리 위로 검은색 낙뢰가 떨어져 내렸다.

번쩍!

순간, 카퍼데일은 검으로 낙뢰를 막아냈으나 그 타격이 뼈까지 찌릿하게 만들었다.

까앙!

"크윽!"

"방주님!"

"대단한 공력이다! 이놈은 도대체……."

검은 낙뢰를 떨어뜨린 사내는 다름 아닌 카미엘이었다.

그는 슬그머니 미소를 지은 채 카퍼데일과 그 일행을 바라보았다.

"후후, 드디어 이곳까지 오셨군. 안 그래도 당신들을 어떻게 제거할지 고민이었는데 마침 잘되었어."

"…이놈, 아무리 막돼먹은 놈이라고 해도 세상을 이렇게 어지럽힐 수 있는 것이냐?!"

"옳고 그름을 판단하는 것은 내 몫이다. 네놈들이 상관할 바는 아니지."

그는 정방사신회와 명화방의 고수들에게 외쳤다.

"오늘 이곳에서 너희들은 다 죽을 것이다! 하지만 옳은 세상을 위해 죽는 것이니 부디 편하게 눈 감기를 바란다!"

"…개소리하고 자빠졌군! 칩시다!"

"모두 다 함께 놈을 처단합시다!"

"와아아아아아!"

650명의 함성 소리가 하늘 높이 울려 퍼질 때쯤, 설원 위로 천 명이 넘는 천하마술단원들이 모습을 드러냈다.

스스스스스!

하지만 그들은 하나같이 거무죽죽한 낯빛을 하고 있었으며, 그 몸에서 풍기는 에너지는 살아 있는 사람이 아닌 것 같았다.

"…악의 시종?"

"아닙니다! 그놈들과는 달라요! 이놈들, 그보다 더 상급의 존재를 만들어낸 겁니다!"

카미엘이 업그레이드된 악의 시종들과 함께 카퍼데일을 향해 달려들었다.

"모두 다 죽여라!"

"끼에에에에에엑!"

카퍼데일은 이 싸움이 결코 만만치 않은 대결이 될 것임을 직감했다.

'잘하면 오늘 죽을 수도 있겠군!'

그의 주름진 얼굴이 아주 사납게 일그러졌다.

＊　　　＊　　　＊

늦은 오후, 은희란는 태하가 들어가 있는 우물가를 그저 바라보고만 있었다.

"천검진 님께선 잘하고 계실까?"

같은 무인으로서 태하를 존경하게 된 은희란는 그에게 조금이라도 도움이 되고 싶었으나, 흠모하는 마음만으론 그를 도울 수가 없었다.

그에게 방해가 될 바에야 우물가 밖에서 그를 기다리고 있다가 도움을 주는 편이 낫겠다 싶었다.

하지만 그를 기다리는 마음이 초조해지는 것은 어쩔 수 없었다.

초조한 마음을 다스리기 힘들어 발만 동동 구르고 있는 그녀에게 아주 작은 진동이 느껴졌다.

쿠그그그그.

"으음?"

그녀의 귓가에 다시 한 번 진동이 만들어낸 파동이 느껴질 찰나, 우물가에서 거대한 불기둥이 솟구쳐 올라왔다.

화르르르르륵, 콰앙!

"허, 허!"

자신도 모르게 한 발자국 물러나 불기둥을 바라보던 은희란의 눈앞에 놀라운 일이 벌어졌다.

파바밧!

거대한 불구덩이가 사그라지기 무섭게 그 안에서 태하가 대검을 등에 동여맨 채 뛰어 올라온 것이다.

"후우!"

"처, 천검진 님?!"

"은 박사님."

"방금 전 그 불길은……."

"별것 아닙니다. 그냥 화열검이 깨어나면서 내뿜은 트림 같은 것이지요."

"화열검!"

태하는 그녀의 앞에 화열검의 위용을 선보였다.

스릉, 척!

화열검의 엄청난 크기는 보는 사람을 압도할 정도이고, 그 위용에 눌린 그녀는 그저 입만 쩍 벌리고 있을 뿐이다.

"이, 이것이 바로……!"

"우리 명화방의 역대 방주들이 신물로 여겨온 화열검의 실체입니다. 아마도 천태 공 이후의 명화방주들은 화열검의 실체에 대해 몰랐을 겁니다. 그저 방의 신물이라고만 알고 있을 뿐이었지요."

"그렇군요! 화열검이라… 이것이 바로 화마의 신물이라 불리는 명검!"

"앞으로 천하마술단과 우리 방의 싸움에 아주 결정적인 역할을 하게 될 물건입니다."

"과연!"

이제 태하는 더 이상 시간을 지체할 수가 없음을 시사했다.

"화열검을 되찾았으니 어서 빨리 천하마술단을 처치하러 가야 합니다. 지금 상황은 어떻게 돌아가고 있습니까?"

"정방사신단의 현무단이 천하마술단의 본거지를 찾기는 했습니다만, 접근조차 힘든 것으로 압니다."

"접근조차 힘들다?"

"카미엘이라는 자가 엄청난 무력을 행사하는 바람에 청룡단을 비롯한 세 개의 무력 집단은 물론이고 명화방까지 고전을 면치 못하고 있습니다."

"이런……!"

"지금 당장 그곳으로 가실 생각이십니까?"

"물론입니다."

"함께 가겠습니다. 제가 앞장서지요."

"그러시지요."

태하와 그녀는 안전가옥에 우태와 감녕 등을 수비 병력으로 남겨두고 천하마술단을 찾기 위해 길을 떠났다.

*   *   *

알프스 산맥 중턱, 명화방과 정방사신단이 천하마술단과의 전투에서 고전을 면치 못하고 있다.

천하마술단의 무용도 이들을 힘들게 하였지만 마법사들을 이끄는 카미엘의 검술은 모두의 혀를 내두르게 할 정도로 강력하였다.

"허업!"

콰앙!

그의 일격에 눈사태가 일어나 정방사신회를 덮쳐왔다.

"또 시작이군!"

"어서 피해라!"

재빨리 눈사태를 피해서 하늘 높이 날아오른 정방사신회의 고수들에게 또 한 번의 날벼락이 떨어져 내렸다.

"라이트닝 스톰!"

좌좌좌좡, 콰앙!

"크허어억!"

"번개를 조심하라! 저 낙뢰에 맞으면 즉사한다!"

카미엘의 검술은 천지를 진동하게 만들 정도로 그 위용이 대단했으나 그보다 더 무서운 것은 검과 함께 날아드는 마법이었다.

지금까지 천하마술단이 보여준 마법들은 아이들 장난처럼 느껴질 정도로 그의 마법은 고강하기 그지없었다.

도대체 날씨를 마음대로 조종할 수 있는 사람이 있다니, 정방사신회는 자신들의 무력에 한계를 느꼈다.

"크윽! 이렇게 속절없이 당하다니! 우리 주작단 평생의 수치다!"

"후후, 그렇게 자책할 것 없다. 힘의 차이는 극복하기 힘든 법이니까."

"......"

힘의 차이를 느끼는 것은 명화방 역시 마찬가지, 카퍼데일

은 카미엘이라는 저 큰 산을 어떻게 넘어야 할지 감이 오지
않았다.

'빌어먹을, 큰일이군. 이래선 우리 모두 전멸하고 말겠어.'

태어나 지금까지 단 한 번도 이렇게 난감한 상황을 겪어본
적이 없는 카퍼데일은 머리가 지끈거려 오는 것을 느꼈다.

하지만 그것은 시작에 불과할 뿐, 그의 골치를 더 아프게
하는 일이 벌어졌다.

펑펑펑!

"크으윽, 암기다!"

"암기?!"

"…쓸어버려라!"

"와아아아아아!"

"DMS?!"

천하마술단 하나를 상대하는 것도 버거운 마당에 후위무림
맹까지 가세하고 나니 그야말로 진퇴양난에 부딪치고 만 카퍼
데일이다.

그는 탄식을 내뱉을 수밖에 없었다.

하나 여기서 좌절한다면 명화방의 이름이 아까울 것이다.

"모두 나를 필두로 힘을 모은다!"

"예, 방주님!"

"정방사신회 역시 그렇게 하실 것입니까?"

"그렇습니다. 정방사신회 역시 카퍼데일 회장님을 필두로 모여 진을 형성한다!"

"예!"

하나로 똘똘 뭉친 정방사신회와 명화방은 오로지 한 지점을 향해 무기를 잡았다.

척!

"목표는 하나! 후위무림맹과 천하마술단의 붕괴다! 모두 다 함께 돌격!"

"와아아아아아!"

두 개의 세력이 강력한 충돌을 일으키자, 사방에서 검기와 검강이 눈보라처럼 흩날리기 시작했다.

까가가가가강!

카미엘은 그 모습을 바라보며 아주 만족스러운 미소를 지었다.

"그래, 이것이 바로 내가 원하는 그림이다. 이 세상에는 이렇게까지 강력한 무력 집단은 필요치 않다. 이제부터 이 세상에는 전쟁과 핍박이 없어질 테니까!"

그가 다시 한 번 검을 휘두르려는 찰나, 하늘에서 한 줄기 빛이 떨어져 내렸다.

피융!

그 빛은 카미엘의 신형을 뚫고 지나가 눈밭에 그을음을 남겼다.

서걱!

"크헉?!"

"놈, 그 검을 내려놓지 못하겠느냐?!"

순간, 카퍼데일의 고개가 하늘을 향했다.

"천검진! 사제가 드디어 수련을 끝낸 모양이군!"

하늘에서 뚝하고 떨어져 내린 태하는 거대한 대검을 이용하여 후위무림맹의 진영에 불기둥을 선사하였다.

"화마격!"

쿠오오오오, 콰앙!

화열검의 일격에 후위무림맹의 고수들은 화들짝 놀라며 뒤로 물러설 수밖에 없었다.

"크윽!"

"화열검?! 정말로 그 물건을 찾아낸 것이란 말인가?!"

"전쟁은 원래 공수의 비율이 맞아야 해볼 만한 것 아닌가?"

"…제기랄!"

태하는 화열검을 어깨에 척 걸쳐 멘 후 바닥에 쓰러져 있는 카미엘에게 외쳤다.

"배신자 카미엘은 들어라! 나는 엑트린 가문의 이름을 이은 사람이다! 내 생부와 같은 가문의 얼굴에 먹칠을 한 것으로도 모자라 세상을 어지럽히려 하다니, 부끄럽지도 않은가?!"

"…엑트린?!"

순간, 카미엘의 얼굴이 처참하게 일그러지며 눈에서 핏빛 오라가 뿜어져 나오기 시작했다.

쿠그그그그그!

"이놈! 감히 내 앞에서 엑트린이라는 이름을 꺼내다니! 용서할 수 없다!"

"원래 네놈과 나는 서로 용서해선 안 되는 사이 아닌가? 이제 와서 새삼스럽게 용서를 운운하나?"

"…그 잘난 주둥이도 오늘 이후엔 더 이상 나불대지 못할 것이다!"

카미엘의 분노가 설원을 덮으려 하고 있었다.

외전. 집을 잃은 병아리

영국 웰리튼의 작은 마을에 위치한 엑트린 가문의 비밀 저택 안.

태하는 비밀 저택 지하 수로를 따라 아주 천천히 걸어가고 있는 중이다.

촤륵, 촤륵!

무릎까지 닿는 잔잔한 물줄기가 그의 신발을 적시고 있었으나 그는 개의치 않았다.

그는 지하 수로 끄트머리에 있는 엑트린 가문의 인장을 발견하였다.

늪지대에 사는 까마귀 모양의 엑트린 가의 인장은 뒷골목 정보 장사꾼이던 그들의 지난날을 되돌아볼 수 있게 해준다.

태하는 자신의 손에 있는 족보를 펼쳐보았다.

촤라락!

대략 55페이지로 이뤄진 엑트린 가문의 족보에는 관직에 있었거나 대단한 업적을 이룬 사람들의 약력이 함께 적혀 있었다.

태하는 그중에서도 떡하니 중간을 차지하고 있는 카미엘 엑트린이라는 사람의 이름에서 페이지를 멈추었다.

"여기 있군."

처음 태하가 케인의 이름을 사용하여 엑트린 가문의 후계자가 되었을 때, 그 가문에서 두 번째로 사용할 이름을 찾았다.

카미엘 엑트린이라는 사람의 약력은 그중에서도 가장 짧고 간결했기에 아무래도 사용하는 데 있어 문제될 부분이 전혀 없겠다고 생각한 것이다.

하지만 그의 이름에 숨겨진 비하인드 스토리를 전해 듣고 나니 이 세상에 가벼운 이름을 가진 사람은 없다는 것을 새삼 깨닫게 되었다.

그는 카미엘 엑트린의 양부인 나르서스 엑트린의 일기와 숨겨진 족보를 찾기 위해 비밀 저택의 내부를 샅샅이 뒤지고 다

넜다.

벌써 이틀째 온 집안을 다 뒤집고 다니던 태하는 드디어 지하 수로 끝에 있는 엑트린 가문의 비밀을 찾아내기에 이르렀다.

그는 단단히 봉인된 엑트린 가문의 비밀 서고를 주먹으로 힘껏 후려쳤다.

"허업!"

콰앙!

잠시 후, 비밀 서고가 무너지면서 그 안을 가득 채우고 있던 흙먼지가 태하를 향해 달려들었다.

"쿨럭쿨럭!"

손수건으로 입을 가린 태하는 비밀 서고 안에 들어 있는 일기장들을 발견하였다.

엄청난 양의 일기 중에서도 가장 볼품없는 겉모습의 책 한 권은 태하의 눈길을 잡아 끌기에 충분했다.

그는 먼지가 자욱하게 쌓인 일기장을 펼쳤다.

촤락!

"으윽, 먼지!"

다시 한 번 먼지와 싸움을 한 태하는 카미엘 엑트린이라는 사람이 갑자기 가문에 나타난 그때로 돌아갔다.

깊은 늪지대 안, 한 사내가 거친 숨을 몰아쉬고 있다.

"허억, 허억!"

이미 그의 이마와 목덜미에선 피가 줄줄 새어 나오고 있었고 그와 섞인 땀 때문에 옷이 붉게 물들고 있었다.

사내는 자신이 이곳에서 죽을 것이라 확신했다.

"…천태, 이 괴물 같은 자식!"

천하마술단주 카미엘은 명화방과의 싸움에서 패주한 후, 이름 모를 늪지대 끝까지 내몰린 상황이었다.

불과 얼마 전까지만 해도 천하마술단의 돈줄이나 마찬가지이던 교황청이 명화자객단에게 그들을 숙청해 달라는 요청을 해왔다.

교황청은 아비뇽으로 유폐되어 70년간 프랑스 왕정의 지배를 받고 있었는데, 이때 천하마술단은 교황청의 수족 노릇을 톡톡히 해주었다.

그러나 문제는 교황청이 아비뇽 유수에서 벗어나면서부터였다.

프랑스 왕국과의 대립으로 인하여 수족이 다 잘려 버린 교황청이었기에 천하마술단이라는 암흑 속 수족이 절실히 필요했다.

하지만 유수가 끝나고 다시 이탈리아 반도로 돌아왔을 무렵엔 천하마술단이라는 암조직은 그들에게 스캔들거리에 불과했다.

교황조차 알지 못하던 천하마술단의 등용은 또다시 그가 까마득히 모르는 동안 정리되고 있었던 것이다.

특히나 성 베드로 성당으로 되돌아와 치세를 다시 시작하려던 교황청에겐 천하마술단이라는 사술 단체는 외세로 드러내선 절대로 안 되는 치부와 같았던 것이다.

천태는 교황청과 거래를 했다.

그는 교황청에서 발행해 주는 통행증과 상단증서를 대가로 받았는데, 이것은 명화방이 유럽의 북부와 남부를 아우르는 장사를 할 수 있도록 하는 데 결정적인 역할을 해주었다.

아직까지 아무런 연줄도 없이 오로지 무혁의 기사 작위 하나로 장사를 하고 있던 명화방이 국가와 국가를 오가는 무역에서 살아남을 수 있을 리가 없었다.

일월신교의 아라비아 사유지는 카라반들과의 유대를 만들어내기도 했지만 유럽의 상인들과는 그다지 사이가 좋지 않았던 것이다.

천태는 북유럽과 남유럽, 그곳을 넘어서 중동아시아와 아프리카까지 갈 수 있는 방법은 오로지 교황청의 인기밖에 없다고 생각한 것이다.

그는 명화방의 미래를 위하여 기꺼이 교황청의 청소부 노릇을 해주고 방의 세력을 확장하기로 마음먹은 것이다.

결국 천태는 명화방의 각 세력을 규합하여 천하마술단의 수뇌부를 아주 은밀히 척결하기 시작했고, 그것이 카미엘이라는 대물을 낚는 데까지 이르게 된 것이다.

카미엘은 천태와 그 수족들의 엄청난 무력 앞에 여지없이 무너져 버렸다.

지금 그의 동료들은 명화방의 고수들에게 쫓겨 다니며 간신히 목숨만 부지하고 있을 것이고 휘하의 세력들은 전부 흩어져 버렸을 것이다.

이제 그에게 남은 것이라곤 저세상으로 떠나는 일뿐이었다.

"크하하하하하!"

죽음을 목전에 둔 카미엘은 너털웃음을 터뜨렸다.

큰 뜻을 품고 이곳 유럽이라는 대륙까지 왔지만 그의 이상을 이뤄주기엔 그가 가진 것이 너무나도 비천하였다.

비록 천하마술단이라는 집단을 만나 살림을 꾸리긴 했으나, 설마하니 교황청에게 뒤통수를 맞아 수족이 잘릴 줄은 꿈에도 생각지 못한 카미엘이다.

그는 유그라드 대륙 최고의 마검사이자 불세출의 영웅이었으나, 지구에서 그의 능력은 그 진가를 발휘하지 못하였다.

"그래, 큰 뜻을 이루자면 그만한 세력을 등에 업어야 가능한 일이었구나. 내가 왜 그런 사소한 것을 생각하지 못하고 있었을까?"

만약 그에게 명화방만큼의 세력만 있었다면 지금쯤 바티칸의 사냥개 노릇이나 하고 있지는 않을 것이다.

토사구팽, 그는 생면부지 남의 사냥개 노릇을 해주다가 이제 복날의 개처럼 두들겨 맞은 셈이다.

카미엘은 이제 더 이상 자신에게 미래가 없다고 생각했다.

"…나는 그대 이상의 남자가 될 수 없는 모양이다. 대단하군, 칼번."

그는 자신이 아는 가장 위대한 남자 칼번을 넘어서기 위해 발버둥을 치고 있었으나, 그것은 어디까지나 이상에 불과했다.

카미엘은 까만 늪에 자신의 몸을 던졌다.

꼬르르르륵.

끝도 없이 카미엘을 빨아들이는 늪지에 몸을 맡긴 카미엘은 스르르 눈을 감았다.

*   *   *

서유럽 늪지대 인근, 명화방주 천태가 나르서스 엑트린과 함께 바위 지대 고지에서 광활한 늪지대를 바라보고 있다.

"이곳이 확실하오?"

"예, 방주님. 이곳에서 초주검이 된 그를 찾아냈습니다."

"상태는 어떠했소?"

"실성을 한 것처럼 보였습니다. 사람의 행실이라곤 전혀 할 수 없는 짓들을 일삼고 있습니다."

"실성을 하였다?"

"그가 발견되었을 때엔 늪지대 수면 위로 시신처럼 축 늘어져 둥둥 떠 있었는데, 그것을 건져서 정신을 차리게 하니 마치 어린아이처럼 울고불고 난리를 쳤습니다."

"일부러 미친 사람처럼 행동하는 것은 아니었소?"

"그래 보이지는 않았습니다. 성당의 수도승이나 교황청의 사제들이 보기에도 정상으로 보인다고 했습니다."

"으음, 그렇소?"

"아무튼 이번 일은 이대로 마무리가 될 것 같습니다. 천하 마술단의 우두머리인 카미엘이 천치가 되었으니 교황청과의 계약은 지킨 셈 아닙니까?"

"하지만 그의 수급은 취하지 못했소. 난 놈의 수급을 베어 교황에게 가져다 줄 생각이오."

천태가 카미엘이라는 남자를 쫓아서 굳이 이곳 서유럽까지 온 것은 교황청의 신뢰를 얻기 위함이었다.

아무리 통행증과 상단 증서를 받는다고 해도 신뢰를 얻지 못하면 모든 것이 말짱 허사이기 때문이다.

그런 천태의 마음을 잘 알고 있는 나르서스이지만 어쩐지 그를 내어주는 데 주저하는 모습을 보였다.

"…그를 굳이 죽이셔야 하겠습니까?"

"뭐요? 그게 도대체 무슨 뚱딴지같은 소리요?"

"이미 정신이 나가 버린 그를 죽여서 무엇 하겠습니까? 차라리 우리 가문에서 일원으로 삼아 잘 보살펴 주겠습니다."

천태는 황당하다는 듯이 그를 바라보았다.

"혹시 엑트린 경께선 정신이 어떻게 된 것 아니오? 어찌 카미엘이라는 사람을 옆구리에 끼고 살 생각을 다 하신단 말이오?"

"그렇게 생각하시는 것도 무리는 아닙니다. 저도 이런 제가 미쳤나 싶으니까요. 하지만 평생 동안 아들 한 번 품어보지 못한 내 아내를 생각하면 이런 미친 짓거리도 별것 아니라고 생각합니다."

"……."

나르서스는 카미엘을 보자마자 모성애를 느끼고 자신의 아들로 삼겠다던 아내를 생각하며 천태에게 무릎까지 꿇었다.

쿵!

"방주님, 제가 이렇게 빌겠습니다! 제발 카미엘이라는 남자를 저에게 주십시오!"

"···정신 차리시오. 엑트린 가문의 이름이 이토록 가벼웠단 말이오? 그대는 영국 최고의 정보 장사꾼이오. 그대가 중심을 잃게 되면 엑트린이라는 이름도 기울어지게 될 것이란 말이오."

"괜찮습니다! 상관없습니다! 이깟 이름, 아내의 피눈물과 바꿀 수 있겠습니까?!"

"······."

"이대로 가문의 대가 끊어진다면 도대체 무슨 낯으로 조상님을 뵙겠습니까?! 씨 없는 수박, 이런 소리를 들어온 지도 어언 60년입니다. 가문에 남자라곤 저 하나뿐인데 여기서 대가 끊어지면 우리 가문은 이제 끝입니다!"

천태는 깊은 고민에 빠졌다.

"아까부터 계속 난감한 소리만 골라서 하시는구려."

"압니다! 난감하시다는 것, 잘 압니다! 하지만 우리 가문에 더 이상의 기회는 없습니다! 제발, 제발 저희들을 살려주십시오!"

천태는 아들을 모두 잃고 손자 하나만을 바라보면서 살아가는 홀아비였다.

과부의 마음은 홀아비가 잘 안다고, 천태는 그의 눈물이 어쩐지 낯설지 않게 느껴졌다.

그는 깊은 한숨을 내쉬었다.

"후우, 참으로 어쩔 수 없게 만드는 능력이 있는 사람이구려."

"바, 방주님?!"

"좋소, 그대가 그리 원한다면 카미엘을 내어드리리다."

"저, 정말이십니까?!"

"단, 하나의 조건이 있소. 카미엘이 다시는 천하마술단으로 돌아가지 못하도록 기억을 단단히 봉인해 두시오."

"그건 걱정하지 마십시오! 영국 최고의 최면 술사를 고용할 것입니다!"

"최면 술사라……."

"그는 기억을 봉인하고 다시는 끄집어낼 수 없도록 만드는 능력이 있다고 합니다. 지금도 몇 번이고 최면을 걸어서 거의 백치 상태로 만들어 버렸습니다."

"으음."

"돈을 조금 더 주면 기억을 조작하는 일도 가능하다고 합니다. 이제부터 그는 우리가 잃어버린 아들로 살아가게 될 겁니다. 그렇게 되면 없던 효심도 생겨날 테지요."

천태는 그에게 마지막 당부를 했다.

"카미엘이 천하마술단의 단주였다는 사실은 우리 둘만 아는 비밀이오. 그대의 가신들에게도 입단속 단단히 시키는 것이 좋을 것이외다."

"물론입니다!"

그는 뒤도 돌아보지 않고 말을 몰았다.

"이랴!"

나르서스는 그런 그에게 깊이 고개를 숙였다.

"감사합니다! 정말 감사합니다!"

천태는 오늘따라 손자가 너무나 보고 싶었다.

"술이 당기는군. 무혁이 녀석, 무심하게 집도 절도 없이 군에만 콕 박혀 있다니… 차라리 나도 백치를 손자로 삼을 것을 그랬군."

언제나 그랬듯 혼자서 술잔을 기울이기로 하는 천태이다.

*　　　　*　　　　*

영국의 작은 마을 웰리튼에 때 아닌 파티가 벌어졌다.

빠바바바바밤!

소와 돼지를 몇 마리나 잡았는지 마을 사람들이 배가 터져라 먹을 고기가 무상으로 제공되고 있었고, 건넛마을에서도 사람들이 모여들었다.

주민들은 마을의 지주인 엑트린 가에서 빵과 고기를 뿌린다는 소식을 듣고 한참이나 의아했다.

좀처럼 바깥출입을 하지 않는 엑트린 가문의 사람들이 축제를 연다는 것은 생각지도 못한 일이었던 것이다.

일이야 어찌 되었든 간에 사람들은 엑트린 가문에서 나누어주는 빵과 고기를 먹으며 축제를 즐겼다.

흥겨운 악사들의 연주 소리에 맞춰 춤을 추던 사람들은 엑트린 가문의 가주인 나르서스의 등장을 바라보았다.

"잠시 음악을 멈추어주시오!"

악사들의 연주가 멈추자 그는 단상에 올라 아주 기쁜 얼굴로 말했다.

"오늘은 사라졌던 내 아들이 돌아온 날이오! 그래서 우리 가문에서 소와 돼지를 잡아 이 기쁨을 모두 함께 나누고 싶었던 것이오!"

"으음, 그렇다면 이렇게 축제를 여는 것도 무리는 아니겠군."

"그렇소! 나는 내 아들이 돌아왔다는 것에 너무나 감사하여 하느님께 이 음식들을 바치는 것이외다! 자고로 음식은 서로 나누고 정을 쌓으려 만드는 것, 비록 생면부지 남이라도 마음껏 들어주시오!"

마을 사람들은 그에게 뜨거운 박수를 보내주었다.

짝짝짝짝!

"축하합니다!"

"고맙소, 고맙소!"

잠시 후, 나르서스의 아내 세실리아가 반쯤 넋이 나간 아들을 데리고 단상으로 올라왔다.

초점이 약간 흐리다는 것 말고는 별다른 이상이 없어 보이는 아들은 꽤나 준수한 외모에 단단한 체구를 가지고 있었다.

세실리아는 웃으며 아들의 손을 잡고 있었다.

"제 아들입니다!"

"오오, 반갑소!"

"카미엘 엑트린입니다! 제 아들의 이름은 카미엘 엑트린입니다!"

"카미엘이라… 상당히 특이한 이름이군."

"다시는 잃어버리지 말자는 의미에서 다시 지었습니다. 제 아들 카미엘을 모두 다 사랑해 주세요!"

짝짝짝짝!

마을 사람들의 박수가 쏟아지자, 카미엘은 배시시 미소를 지었다.

"헤헤……."

"어머나, 우리 아들이 웃었어요!"

"하하! 카미엘도 기분이 좋은 모양이오! 자자, 다들 한 잔씩 합시다! 내 아들의 앞날을 위해서 다들 잔을 들어주시오!"

"오오, 좋지!"

"카미엘의 앞날을 위하여!"

"위하여!"

오랜만에 웰리튼에 생기가 넘치는 듯하다.

*　　　*　　　*

이른 아침, 엑트린 가문의 대저택이 시끌벅적하다.

쨍그랑!

"으헤헤헤!"

"카미엘, 카미엘! 어디를 가는 거니?! 이리 오지 못해?!"

겉보기엔 서른이 다 되어가는 것 같아도 카미엘의 정신연령은 4세에 불과했다.

최면 술사는 그의 기억을 봉인하는 대신 가짜 기억을 심어주었는데, 영국과 프랑스의 전쟁에 기병으로 참전하였다가 기억을 잃었다고 시나리오를 짰다.

기억은 아주 서서히 앞으로 진행되어 그가 현재 나이에 이르게 될 터인데, 그때 그의 기억엔 사람 구실을 할 수 있는 것밖엔 남아 있지 않을 것이다.

그 밖에 나머지 것들은 까마득하게 잊혀 카미엘의 머리에 남아 있지 않게 된다.

세실리아는 자신의 아들로 삼은 카미엘이 미친 사람처럼 굴어도 매일 웃음이 끊이지 않았다.

"헤헤헤!"

"잡았다!"

한참을 달려가던 카미엘이 우뚝 멈추어 서는 바람에 그를 잡은 세실리아는 양아들의 허리에 손을 둘렀다.

"아들, 이제 식사하러 가야지?"

"헤헤, 고기 좋다!"

"고기가 좋아?"

"응!"

"그래, 오늘은 꿩고기가 아주 실하더라. 꿩고기를 먹자꾸나."

"헤헤, 좋다! 엄마, 좋다!"

순간, 그녀의 눈가에 눈물이 고였다.

"…엄마."

"엄마!"

카미엘의 기억에 세실리아는 어머니로 각인되어 있기 때문에 그는 엄마라는 단어를 아무렇지도 않게 내뱉었다. 하지만 평생에 단 한 번도 어머니라는 소리를 들어본 적이 없는 세실리아로선 상처 받은 가슴이 치유되는 느낌을 받았다.

"흑흑, 고맙습니다! 정말 고맙습니다!"

"……?"

"하느님, 제 아들을 죽을 때까지 잘 보살피겠습니다!"

처음 카미엘을 보았을 때 느낀 측은함 대신 자식에 대한 사랑을 느끼게 된 세실리아는 이제 그를 위해서라면 목숨까지 버릴 수 있었다.

카미엘이 세실리아의 손을 잡았다.

"고기, 고기!"

"호호, 그래! 고기를 먹으러 가자꾸나."

"고기, 고기! 엄마 좋아!"

"그래, 나도 카미엘 네가 좋아."

커다란 아들의 손에는 굳은살과 상처가 가득했지만 그녀는 개의치 않았다.

카미엘이 과거에 어떤 사람이었고 무슨 일을 저지르고 다녔던 간에 상관없었다. 그저 자신의 아들이라는 것이 중요할 뿐이었다.

세실리아는 카미엘과 함께 식당으로 향했다.

*　　　*　　　*

몇 달 후, 카미엘은 이제 열다섯의 자아를 갖게 되었다.

지금까지 세실리아가 그에게 쏟은 정성은 친어머니 이상이었고, 그는 세실리아를 진심으로 따르고 있었다.

이른 아침부터 말을 타고 시장에 다녀온 카미엘이 대저택의

문을 두드렸다.

쿵쿵쿵!

"문을 열어줘요!"

"네, 도련님! 잠시만 기다려 주세요!"

저택에 상주하는 시녀들 중에서 가장 나이가 많은 엠마가 저택의 문을 열어 카미엘을 반겨주었다.

그는 마차에 담긴 식자재와 의복 재료들을 엠마에게 건넸다.

"엠마, 필요한 것들을 사 왔어."

"어머나, 시종들을 시키시면 될 것을. 굳이 고생을 하실 필요가 없다니까 그러시네요."

"뭐 어때? 난 집에서 펑펑 놀기만 하는데."

"공부도 하시고 치료도 받으셔야 하는데 그게 어찌 노는 것이라고 할 수 있나요?"

"헤헤, 괜찮아. 난 하나도 안 힘들거든."

카미엘은 하인들에게 아주 친절한 주인이었으며 주변 마을 사람들에게도 아주 관대한 지주였다.

만약 카미엘처럼만 살아간다면 법이 필요 없을 것이라고 말할 정도로 그의 행실은 아주 반듯하고 올곧았다.

멀리서 그런 카미엘을 지켜보던 세실리아가 손을 흔들었다.

"카미엘!"

"어머니, 날씨도 추운데 뭐 하러 나오셨어요?!"

"호호, 우리 아들이 왔다는데 추위가 대수니?"

"어머니도 참……."

카미엘은 품속에서 루비 목걸이를 꺼내어 세실리아에게 건넸다.

"자, 받으세요."

"어머나, 이게 뭐니?"

"페르시아에서 온 떠돌이 상인이 팔기에 샀어요. 영국에선 좀처럼 구하기 힘든 물건 같더라고요."

"나를 위해서 이 목걸이를 샀다고?"

"그럼요. 제가 세상에서 가장 사랑하는 어머니께 이런 목걸이쯤은 아무것도 아니죠."

"어머나, 세상에! 고맙구나! 정말 고마워!"

"하하, 저를 낳아주시고 키워주셨는데 이깟 목걸이가 대수일까요?"

"…흑흑, 정말 고맙구나!"

카미엘은 감동의 눈물을 흘리는 세실리아를 가만히 안아주었다.

"울지 마세요. 어머니가 기뻐하는 모습을 기대하면서 사온 목걸이인데 우시면 어떻게 해요?"

"미안하구나. 내가 주책없게……."

"제가 빨리 기억을 되찾아 어머니를 호강시켜 드릴게요. 그땐 지금처럼 울지 마시고 매일 웃어주세요."

"그래, 이 어미가 반드시 약속하마. 다신 울지 않을게."

"부디 그래주세요. 부디."

카미엘은 어머니 세실리아를 데리고 저택 안으로 들어갔다.

"가요. 시장기가 도네요."

"그래, 이 어미가 직접 요리를 해주마. 오늘은 무엇이 먹고 싶니?"

"고기!"

"호호, 어려서부터 그렇게 고기를 좋아하더니 매일 고기구나?"

"전 고기가 좋아요."

"그래, 오늘은 소고기가 좋더구나. 오늘은 소고기를 구워서 먹자."

"예!"

두 모자는 그 어느 때보다 단란한 한때를 보내고 있었다.

*   *   *

카미엘이 엑트린 가문에 양자로 들어온 지 어언 2년이 지났다.

퍽퍽퍽!

장작이 가득 쌓인 대저택 뒤뜰에서 카미엘의 도끼질 소리가 울려 퍼지고 있다.

그는 지금 25세의 기억을 가지고 있었는데, 불과 2년 만에 유럽에서 사용되는 모든 언어를 완벽하게 익혔다.

이제는 언어를 제외한 모든 학문을 갈고닦는 데 주력하고 있었고, 시간이 날 때마다 이렇게 장작을 패면서 몸을 움직여 주고 있었다.

덕분에 시종들이 할 일이 줄어들기는 했지만 엑트린 부부의 고민은 점점 커져가고 있었다.

"카미엘, 또 이곳에서 장작을 패고 있었더냐?"

"아버지 오셨습니까?"

"도련님이라는 사람이 이렇게 매일 장작을 패면 시종들의 입장이 어떻겠느냐? 그들에게도 할 일이라는 것이 있고 스케줄이라는 것이 있다. 네가 시종들을 생각하는 마음은 알겠다만 그들이 일을 빼앗기면 아주 난감한 상황이 벌어질 거야."

"하지만 신분의 고하는 사회악입니다. 저는 그런 제 신분이 너무나도 싫습니다."

나르서스는 카미엘의 손에서 도끼를 떼어놓고 잠시 그늘로 피신했다.

"이쪽으로 오너라. 좀 쉬면서 얘기하자꾸나."

"예, 아버지."

그는 아들 카미엘에게 자신이 생각하는 이상에 대해서 설명했다.

"남자의 이상이란 무조건 대세를 거스르는 것만은 아니라고 생각한다."

"하지만 대세를 거스르지 않으면 큰 이상을 펼칠 수 없다고 생각합니다."

"그래, 그것도 틀린 소리는 아니다. 하지만 억지로 대세를 거스르려고만 하는 것은 억지에 불과하다. 이 세상 사람들의 대부분이 생각하는 것과 다르게 생각하고 행동하는 것은 고립을 자처하는 일일 뿐이야. 만약 세상을 바꾸고 싶다면 무조건 대세를 거스르는 혁명가처럼 행동해선 안 된다. 모든 것을 수용하고 받아들일 준비가 되었을 때, 비로소 준비한 모든 것이 빛을 발하게 되는 것이지."

"으음……."

"물론 지금 당장 네가 해오던 일들을 그만두라고 말하지는 않겠다. 네 세상에서의 대세를 이 아비가 거스를 수는 없는 일이니. 하지만 네가 저들의 일거리를 빼앗아 시종들이 자리를 잃는 일은 벌어지지 않았으면 좋겠구나."

순간, 카미엘은 자신이 생각하지 못하고 있던 부분에 대해 깨달았다.

"아아! 제가 너무 많이 일을 해버리면 그만큼 일을 하지 못하는 사람이 생기겠군요!"

"그래, 결국엔 네가 그 사람의 설 자리를 빼앗는 것이다. 시종이라고 해서 가정이 없는 것은 아니야. 그 사람에게도 사정이 있고 가정이 있을 터, 그 사람의 설 자리를 빼앗는다면 한 사람의 인생을 망치는 꼴이 되는 것이지."

"그렇군요! 저는 미처 저들이 품삯을 받고 일하는 사람들이라는 생각을 해본 적이 없습니다."

"우리 가문은 노예를 부리는 사람들이 아니지 않으냐? 저들은 정당한 대가를 받고 일하는 거야. 알겠느냐? 정당한 대가의 노동은 그 어떤 상황에서도 위해를 가해선 안 된단다."

"예, 아버지. 명심하겠습니다."

나르서스는 큰 깨달음을 얻은 것 같은 표정의 아들에게 물었다.

"그나저나 요즘 생활은 좀 어떠하냐? 지루하지는 않아?"

"학교에 다니는 시간 빼곤 거의 장작이나 패고 있지요. 제가 할 수 있는 일이 그리 많지가 않으니까요."

"흠, 그렇다면 이 아비를 따라서 일을 좀 배워보겠느냐?"

"아버지의 일을 말입니까? 그것은 아무나 할 수 없는 일이라고 들었습니다. 시종들은 아버지의 직업이 멋있지만 위험하고 힘든 일이라고 합니다."

"이 세상에 쉬운 일은 없다. 이 집안에서 일하는 시종들이라고 매일 쉬운 일만 하겠느냐? 저들도 복잡하고 어려운 일을 할 때가 많아. 모든 직업에는 장단점이 있게 마련이지."

"그렇군요."

"어떠냐? 한번 해보겠느냐?"

카미엘은 흔쾌히 고개를 끄덕였다.

"좋습니다! 아버지를 따라서 일할 수 있다니, 가업을 잇는 것은 뜻깊은 일이지요!"

"후후, 그래. 나는 네가 거절하면 어쩌나 했는데 다행이구나."

"보통 제 나이가 되면 가정을 꾸리고 아이를 갖는다고 하더군요. 가업을 잇는 것은 당연한 일이고요. 이제 저도 사람 구실을 좀 해봐야 하지 않겠습니까?"

"그래, 올바른 생각을 가지고 있구나."

나르서스는 카미엘의 팔을 잡고 일어섰다.

"자, 그럼 오늘부터 천천히 일을 배워보도록 하자꾸나."

"네, 아버지!"

부자는 대저택 지하실로 향했다.

*   *   *

영국의 정보 장사꾼의 하루는 길기만 하다.

아침이면 수천 마리의 전서구에서 쓸 만한 정보를 추려내고 전서구마다 일정량의 돈을 묶어서 날리는 것이 첫 번째 일이다.

그 이후엔 몇 명인지도 모를 사람들과 만나 그들에게 필요한 정보를 수주하고 그에 맞는 물건을 찾아서 건네는 것이 일과다.

일과가 끝나고 나면 다시 지하실로 돌아와 필요한 정보들을 기입해 놓고 전서구를 날린 후 답신이 올 때까지 기다려야 한다.

이렇게 하루를 보내고 나면 많으면 두 시간, 적으면 한 시간 남짓 잠을 잘 때도 허다하다.

다만 꽤 많은 돈을 벌어들이고 엄청난 인맥을 자랑한다는 것은 정보 장사꾼의 가장 큰 이점이라고 할 수 있다.

영국의 정보 장사꾼은 늙어서 은퇴를 한 다음에도 어느 정도 돈벌이가 가능하기 때문에 어지간한 귀족들의 생활보다 오히려 낫다고 볼 수 있었다.

하나 그의 손에서 나간 정보 하나에 사람의 목숨이 오간다는 것을 감안하면 직업이 갖는 무게가 결코 가볍지는 않을 것이다.

나르서스는 결코 쉽지 않은 일이지만 자신의 일을 아들에게 물려줌으로써 엑트린 가문이 또 한 세대를 유지할 수 있을 것이라 확신했다.

구구구구!

"이것은 프랑스로 가는 전서구다. 전서구에 적힌 색이 뭐라고?"

"파란색입니다."

"그렇지. 그렇다면 스위스로 가는 전서구의 색은?"

"빨간색입니다."

"정확하구나. 이렇게 단시간에 일을 배우는 것이 쉽지 않은데, 아무래도 너는 우리 집안의 피가 진하게 흐르고 있는 것이 확실하구나."

"모두 아버지를 닮았기 때문이지요."

나르서스는 하나를 가르치면 열을 터득하는 카미엘이 대견하면서도 한 가지 불안한 것이 있었다.

그의 습득 능력이 남달라서 잘못했다가 심연 깊숙한 곳에 잠들어 있는 자아가 깨어나면 어쩌나 하는 것이다.

그러나 카미엘은 이 세상 그 어떤 누구보다 아버지와 어머니에게 끔찍한 효자였다.

행여나 어머니가 아플까, 아버지의 심기가 불편해질까 매일 노심초사하고 자신의 행동 때문에 가문이 화를 입을까 조심하는 삶을 살고 있었다.

'그럴 리가 있나? 이제 카미엘은 진짜 내 아들이다.'

매일 혼자서 하던 일을 아들과 함께하니 족히 두 배는 수월하게 일이 끝났다.

나르서스는 런던의 뒷골목으로 가기 전에 아들에게 넌지시 선 자리에 대해 운을 뗐다.

"아들아, 시기가 조금 이른 것은 아닌가 싶지만 그래도 해야 할 것은 해야 해서 말이다."

"……?"

"우리 집안도 이제 슬슬 사돈을 맺을 때가 된 것 같아서……."

카미엘은 뒤통수를 긁적이며 말을 흐렸다.

"헤헤, 제가 무슨 장가를… 당치도 않습니다."

"아니다. 이 정도 인물이면 어디 가서 빠지는 것도 아니고 정보 장사꾼이 뭐 그리 나쁜 직업도 아니고 말이다."

"가문과 직업은 상관이 없습니다만, 제가 한 여자를 아내로 맞아서 괜히 고생을 시킬까 봐 그렇습니다."

"아니, 고생할 것이 무엇이란 말이냐? 살림은 엠마가 알아서 해줄 것이고 집안의 대소사는 알프레도가 알아서 주관해 줄 텐데. 우리 집안 며느리는 그냥 시집만 와주면 만사형통이다. 다른 것은 바라지도 않아."

"그렇지만 제가 아직 좀 덜떨어지지 않습니까?"

"이제 그것도 거의 다 나아가고 있지 않느냐? 거리에 나가보아라. 너보다 더 나은 남자가 있는지 말이야."

"흠……."

"네 엄마와 나도 이젠 은퇴해서 유유자적하게 좀 살아보자꾸나. 늘그막에 손주도 좀 안아보고."

카미엘은 나르서스의 의견을 적극적으로 받아들이기로 했다.

"좋습니다. 선을 보지요. 어떤 집안의 여식입니까? 마음에 두신 이가 있으니 운을 뗀 것 아니십니까?"

"하하, 그래. 안 그래도 내가 베르슨필드 자작 가문과 연이 닿았단다. 베르슨필드 자작이 네게 관심이 많은 것 같아 내가 혼담을 꺼내놓은 참이란다."

"그럼 오래 끌 것 없이 당장 얼굴부터 보고 결혼을 진행하시지요. 아버지와 어머니만 괜찮다면 저는 빨리 결혼하고 싶습니다."

"그래, 그래, 알겠다!"

한껏 신이 난 나르서스는 베르슨필드 자작에게 줄 선물로 무엇을 고를까 기쁜 고민에 빠져들었다.

*   *   *

늦은 여름의 어느 날, 베르슨필드 가문의 여식 안젤라와 카미엘의 혼사가 성사됨을 알리는 작은 파티가 열렸다.

빰빠바바밤!

웰리튼의 마을 사람들이 모두 몰려와 크고 작은 선물을 건네고 갔고, 카미엘은 돼지고기를 구워 만든 베이컨을 선물로 주었다.

"축하드립니다! 득남하시기 바랍니다!"

"고맙습니다."

저마다 한마디씩 덕담도 건네는 것을 보면 마을 사람들이 카미엘을 좋아하는 마음이 진심인 것 같았다.

베르슨필드 자작은 카미엘의 그런 인품에 대해 익히 전해 들었기 때문에 엑트린 가문과의 혼사를 단박에 승낙하였다.

사실 베르슨필드 가문의 남자들은 전쟁에서 대부분 전사해 버렸기 때문에 가문의 대를 이을 적당한 인물을 찾기가 힘들었다.

그나마 남은 자식들은 흑사병이 휩쓸고 가는 바람에 가문에 남아나는 사람이 없었다.

이런 상황에서 능력 좋고 인품 또한 훌륭한 카미엘을 사위로 맞는다면 베르슨필드로선 쌍수를 들고 환영할 만한 일이었다.

지금 상황에선 출신을 따지기보다는 능력 좋고 목숨 걸고 집안을 지켜줄 그런 남자가 최고였고, 안젤라 역시 그것을 아주 잘 알고 있었다.

그녀는 카미엘이라는 청년의 외모를 보기도 전에 결혼을 승낙했다가 그 외모와 탄탄한 몸매에 반하였다.

카미엘은 어차피 집안의 혼사에 적극적인 남자였기 때문에 그녀가 흠뻑 빠져들었다면 오히려 환영이었다.

마을 사람들의 인사를 모두 받은 카미엘의 곁에 선 안젤라가 그의 팔뚝을 주물러 주었다.

"힘드시죠?"

"괜찮습니다. 저와는 모두 안면이 있는 사이이니 인사를 나누는 것이 당연하지요."

"한데 공자님께선 어떻게 마을 사람들과 이렇게 친분이 깊을 수가 있죠? 귀한 집 도련님과 마을 사람들은 잘 어울리려 하지 않는데 말이죠."

카미엘은 당연하다는 듯이 말했다.

"사람과 사람이 만나는데 어려울 것이 뭐 있습니까? 그저 진심을 나누고 조금씩 배려하면서 신뢰가 쌓이는 것이지요."

"아아……!"

"저는 세상 물정을 잘 모릅니다만, 이 세상은 사람들과 사람들로 만들어졌습니다. 그러니 사람을 귀하게 여기는 사람이 진정한 귀족이라고 생각합니다."

"공자님의 생각을 모두 다 알 수는 없지만, 그건 정말 멋진 말이라고 생각해요!"

두 사람의 대화를 가만히 듣고 있던 베르슨필드 자작이 박수를 쳤다.

짝짝짝짝!

"역시 그릇이 큰 사내군!"

"과찬이십니다."

"사내라면 무릇 그렇게 대단한 배포를 가지고 있어야 하는 법이지! 자네, 이참에 정치계에 입문할 생각 없나?"

"정치라면……."

"말 그대로일세. 내 밑으로 들어와 정치를 배우게. 자네가 정치계에 입문하겠다면 내가 힘닿는 데까지 밀어줌세."

카미엘은 겸손하게 고개를 숙였다.

"제 깜냥으로 무슨 정치를, 당치도 않습니다. 아버지의 슬하에서 세상을 배워도 모자랄 판입니다."

"으음, 정치보다는 가업을 잇는 것이 중요하다?"

"앞으로 장인이 되실 각하께 누가 되는 말인 줄은 압니다만, 저는 정치에는 전혀 소질이 없습니다. 그러니 제안을 거두어주시지요."

베르슨필드는 호탕하게 웃었다.

"하하하하! 보기보단 신중한 성격이로군! 뭐, 좋아! 당장 자네가 정치계에 입문하지 않는다고 해서 내 섭섭하게 생각하지는 않겠네. 하지만 언젠가는 내가 자네를 반드시 불러서 쓸 것이네. 그때까지 세상을 더 배우고 있게나."

"예, 각하."

베르슨필드는 영국과 프랑스의 전쟁에서 공훈을 세운 정치가가 아니기 때문에 그 세력이 많이 위축된 상태였다.

하지만 당당히 후계자를 세우고 과감한 정치를 펼칠 수 있게 된다면 지금보다 높은 지위를 얻을 수도 있을 것이다.

그러나 카미엘은 그런 그의 속내에 휩쓸려 가문을 나갈 생각이 전혀 없었다.

그는 끝까지 중심을 잡고 버티고 서서 가문의 뒤를 이을 것이며, 만약 정치계의 진출이 필요하다면 가문의 이름을 내걸고 나갈 것이다.

물론 아내가 될 그녀의 생각은 침대에서 결정될 테니 그리 걱정할 필요는 없을 터였다.

베갯머리송사는 비단 아내가 남편에게만 하는 것이 아니니 카미엘의 뜻이 관철되지 못할 일은 없을 것이다.

이로써 그의 혼사가 성공적으로 마무리되었다.

*　　　　*　　　　*

5월의 어느 화창한 날, 웰리튼의 엑트린 대저택에서 결혼식이 열렸다.

짝짝짝짝!

"두 부부는 이제 입을 맞추십시오. 이 입맞춤으로 인해 두 사람은 평생토록 부부로 함께할 것입니다."

카미엘과 안젤라의 결혼식 주례는 베르슨필드 자작의 동생이자 추기경인 피터가 맡았다.

그는 조카의 결혼식에 주례를 맡은 것을 아주 자랑스럽게 여기면서도 연신 붉어지는 눈시울을 소매로 훔치고 있었다.

"…크흠! 이로써 두 사람이 부부가 되었음을 선언합니다!"

"와아아아아아!"

하객들의 뜨거운 박수와 성원을 받은 카미엘과 안젤라는 서로의 눈을 바라보며 수줍고도 뜨거운 사랑을 나누었다.

이제 결혼식이 끝나면 두 사람은 지금까지 묵혀두었던 사랑의 욕정을 유감없이 뿜어낼 것이다.

결혼식이 끝난 후, 하객들과 친인척들이 모여 술잔을 기울이며 와자지껄한 피로연이 열렸다.

카미엘과 안젤라는 하루 종일 붙어 다니면서 춤을 추고 서로의 체온을 자꾸만 확인하였다.

그러기를 몇 시간, 이제 드디어 두 사람이 달콤한 신혼 첫날밤을 맞이할 차례가 왔다.

뚜벅뚜벅.

엑트린가 대저택에 마련된 두 사람의 침실로 가는 길에 조금은 어색한 침묵이 흐른다.

안젤라가 수줍은 듯이 얼굴을 붉히며 말했다.

"…혹시나 해서 말씀드리는 것이지만, 제가 글로만 배워서 상당히 서툴 것입니다. 이해해 주실 수 있지요?"

"그건 저도 마찬가지입니다."

카미엘은 그녀의 손을 잡아주었다.

"이제 모르는 것은 함께 배워나가면 됩니다. 우리는 부부니까요."

"고마워요."

이미 그녀의 눈동자는 그의 입술로 향하고 있었고, 카미엘의 피 역시 점점 뜨거워져 왔다.

잠시 후, 두 사람은 누가 먼저랄 것도 없이 서로의 입술을 탐닉하기 시작했다.

"후읍!"

"으으음!"

침실까지 채 가지도 못하고 벌어진 두 사람의 뜨거운 입술 공방은 금세 주변을 후끈 달아오르게 만들었다.

카미엘이 그녀를 번쩍 안아 들었다.

"어머나!"

"갑시다. 아무래도 이곳에선 좀……."

"그, 그럴까요?"

수줍음과 설렘이 가득한 신혼부부의 첫날밤을 복도에서 보낼 수는 없기에 그녀를 번쩍 안아 들고 신방으로 들어선 카미엘이다.

조심스럽게 그녀를 방으로 데리고 들어온 카미엘은 살며시 드레스를 벗기고 자신의 윗옷을 벗기 시작했다.

스륵.

"…부끄러워요."

"괜찮아요. 누구에게나 처음은 있는 법이니."

그녀의 얼굴처럼 수줍은 분홍빛 가슴은 카미엘을 한껏 딱딱하게 만들었다.

순간, 카미엘이 당황해서 눈을 이리저리 굴렸다.

"으음, 이건 그러니까……."

"후훗, 나도 알아요. 그러니까 이건……."

몇 마디 말이 오가고 나니 두 사람 사이에 묘한 어색함이 사라져 갔다.

그는 그녀의 몸을 침대에 가지런히 눕혔다.

"마음의 준비는 되었습니까?"

"물론이죠."

"자, 그럼……."

카미엘의 부드러운 손길이 그녀의 소중한 곳에 닿자 그녀의 몸이 움찔거렸다.

"어흑!"

"괘, 괜찮아요?"

"뭐, 뭔가 상당히 묘하네요. 기분이 너무 좋은걸요."

"다행이군요."

곧이어 카미엘의 일부가 그녀의 몸속으로 들어갔다.

"으흐윽!"

"으으윽!"

서로 약간의 아픔을 참아내며 비로소 하나가 되자, 그 기쁨은 이루 말로 표현할 수가 없을 지경이었다.

삐걱, 삐걱!

시간이 지나면 지날수록 더 뜨겁게 달아오르는 두 사람의 신혼 첫날밤은 황홀경과 신비로움으로 가득 찼다.

$$* \qquad * \qquad *$$

6개월 뒤, 카미엘은 안젤라가 자신의 아이를 잉태했음을 알았다.

이 소식이 전해지자 엑트린 가문은 물론이고 베르슨필드 가문 역시 온통 기쁨으로 물들었다.

혹사병이 유럽을 휩쓸고 난 뒤에 잉태한 첫 아이이니만큼
두 집안의 감회는 남달랐던 것이다.

특히나 지금까지 아이가 태어날 것이라곤 상상조차 하지
못하던 엑트린 부부는 감격에 겨운 눈물을 흘렸다.

"흑흑, 아가! 너무 고맙구나!"

"아닙니다. 저 사람이 워낙 인복을 타고난 바람에 우리에게
도 아기 천사가 찾아온 모양입니다."

"그래, 그래! 앞으로 너는 아이에게 좋은 것만 줄 수 있도록
노력하려무나. 뭐 필요한 것이 있다거나 불편한 것이 있다면
말하고."

"예, 아버님, 어머님."

엑트린 부부가 안젤라의 배를 쓰다듬고 기뻐하는 사이, 카
미엘이 일터에서 돌아왔다.

쾅!

"여보! 나 왔소!"

"어머나, 깜짝이야!"

"카미엘, 조심하라고 이 어미가 몇 번을 말하니?!"

"죄, 죄송합니다. 아내가 너무 보고 싶어서……."

"그래도 이젠 한 가정의 가장이니 조심에 또 조심을 기해야
한다. 알겠니?"

"예, 어머니."

카미엘은 자신의 잠이 모자란 것은 크게 신경도 쓰지 않고 오로지 아내와 배 속의 아이만 생각했다.

"뭐 먹고 싶은 것은 없소?"

"으음, 딸기가……."

"딸기! 좋소, 내가 당장 구해오리다."

"아, 아니요. 친정에 말해서……."

"아니, 아니오. 내 가족이 먹는 것인데 어찌 처가의 손을 빌리겠소? 안 그렇소?"

"그래도 서방님께서 너무 힘드시니까 그렇지요."

"하하, 난 괜찮소! 난 천하무적이거든!"

세실리아는 아들의 말이 맞는다며 맞장구를 쳐주었다.

"그래, 맞아. 아이의 아빠는 원래 천하무적이야. 다 그렇거든."

"호호, 그런가요?"

"어차피 일은 내가 이 녀석과 돌아가면서 하고 있으니 걱정하지 말거라."

"예, 아버님. 그럼 이 사람 좀 부려먹어 볼까요?"

"지금이 아니면 힘들 테니 부디 그러려무나. 이것도 아이를 가진 사람들의 특권 아니겠니?"

"예, 어머님."

단란한 가정, 엑트린 가문의 지금은 그 이상도 그 이하도 아니었다.

만약 이상적인 가정을 그림으로 표현한다면 지금 이 가정의 이 모습을 그리는 것이 옳다고 말할 정도로 엑트린 가는 행복했다.

아내는 남편을 진심으로 존경하고 사랑하는 바, 그 사랑을 시부모에게까지 드리고 있었다. 또한 남편은 가정적이면서도 아버지와 어머니를 존경하고 있기 때문에 부모도 자식 내외를 사랑할 수밖에 없었다.

만약 여기에 아이까지 태어난다면 더할 나위 없이 행복한 가정이 이뤄질 것이다.

네 가족, 아니, 이제 다섯 가족이 될 엑트린 가문에 손님이 찾아왔다.

똑똑.

"무슨 일인가?"

"어르신, 손님께서 찾아왔습니다."

"손님?"

"명화방주라고 합니다."

순간, 나르서스의 얼굴이 딱딱하게 굳었다.

"…금방 나간다고 전하게."

"예, 어르신."

카미엘은 딱딱하게 굳어버린 아버지의 얼굴을 바라보며 걱정스럽게 물었다.

"누굽니까? 누군데 표정이 그렇게 안 좋아지신 겁니까?"

"아니다. 아무것도 아니야."

"아버님……."

"새아가는 카미엘과 함께 이곳에 있거라. 여보, 여보도 이곳에서 새아가를 챙겨주시구려."

"네, 여보."

그는 애써 미소를 지으며 방을 나섰지만 카미엘 내외의 마음은 역시 편치가 않았다.

하지만 세실리아의 다독임에 이내 미소를 되찾았다.

"아마 빚을 진 사람일 게야. 돈 문제로 얽힌 사람치고 정상적인 사람은 없지."

"아아, 그렇군요!"

"그러니 신경 쓸 것 없다. 아버지께서 조금 화가 난 것일 뿐, 곧 괜찮아질 게야."

"네, 어머님."

세실리아의 얼굴에는 환한 미소가 걸려 있었지만 그 속마음은 이내 까맣게 타들어가고 있었다.

＊　　　＊　　　＊

엑트린 가문의 서재로 나르서스가 바쁜 걸음을 움직이고 있다.

"왜 갑자기 우리 가문에 나타난 것일까?"

명화방주와 나르서스가 피차 얼굴을 마주 보아서 좋을 것이 없다는 사실은 천태 역시 익히 잘 알고 있는 사실이다. 그럼에도 불구하고 그를 찾아온 이유가 무엇인지 궁금해 미칠 지경인 나르서스였다.

종종걸음으로 달려가던 나르서스는 자꾸만 목덜미가 간지럽다는 느낌을 받았다.

"으음, 왜 이렇게 목덜미가……."

바로 그때, 끔찍한 일이 벌어지고 만다.

뚜두두두둑!

"어, 어어……?!"

나르서스는 자신의 목덜미가 아주 예리하게 베어 서서히 아래로 떨어지고 있다는 것을 알아챘다.

하지만 그것을 알아챘다고 해서 달라지는 것은 없었다.

푸하아아아악!

사방으로 나르서스의 피가 낭자했고, 어둠 속에서 세 남녀가 모습을 드러냈다.

"멍청한 놈, 명화방주라는 말에 아주 꽁지가 빠져라 달려왔군. 이런 놈이 무슨 정보 장사를 했다는 것인지 모르겠군."

"그러게 말입니다."

탐스러운 금발의 여자는 시녀장 엠마의 얼굴을 아주 얇게 베어낸 가죽을 손에 쥐고 있었다.

아마 이것을 정교하게 이어 붙인다면 언뜻 그녀를 엠마로 착각할 수 있을 정도였다.

그녀는 엠마의 얼굴 가죽을 집어던지곤 이내 저택을 불태울 것을 명령했다.

"이곳에 불을 질러라!"

"예, 대모님!"

"…카미엘 님을 납치하여 기억까지 봉인시키다니, 명화방 놈들이야말로 악마들임이 틀림없다."

"대모님, 카미엘 님과 새로 엮인 가족들은 어떻게 할까요? 배 속에 아이가 있다고 하던데요."

"다 죽여. 그분의 씨는 오로지 나 일레이나만이 받을 수 있다."

"예!"

그녀는 사납게 눈을 떴다.

"감히 나의 카미엘 님의 씨를 잉태했겠다! 고통스럽게 죽여주마!"

일레이나의 주변으로 거친 화마가 소용돌이치기 시작했다.

　　　　*　　　　*　　　　*

　화마가 일렁이는 대저택 안, 카미엘은 어머니와 아내를 데리고 지하실로 대피하는 중이다.

　화르르르륵!

　"콜록콜록!"

　"괜찮으십니까?!"

　"나, 나는 괜찮다. 그보다 새아가, 새아가를 챙겨라! 어서! 우리 집안의 핏줄이 잉태해 있어!"

　"예, 어머니!"

　카미엘은 물로 적신 담요를 두르고 그 안에 손수건으로 입을 가린 아내를 돌돌 말아 업었다.

　"부인, 괜찮으시오?!"

　"…네, 서방님! 저는 괜찮습니다!"

　"다행이오! 어머니, 제 손을 잡으십시오! 아버지의 지하 서고까지만 가면 수로를 따라서 이곳을 나갈 수 있을 겁니다!"

　"그래, 어서……."

　바로 그때, 그들이 서 있던 땅이 무너지면서 세실리아가 불구덩이 안으로 빨려 들어갔다.

　고오오오오!

　"꺄아아아아아악!"

"어머니!"

순간, 카미엘은 어머니에게로 손을 뻗으려 했으나 그만 그 자리에 굳어버리고 말았다.

자신이 낭떠러지로 떨어지는 동안에도 웃으면서 그에게 어서 가라고 손짓했기 때문이다.

'아들아, 난 괜찮아. 네 처자식을 건사해서 잘 살아가거라. 내 걱정은 말고 잘살아.'

카미엘은 절규를 속으로 삼킬 수밖에 없었다.

'크흑, 어머니! 이 불효자식을 용서하십시오!'

오로지 아내와 아이를 살리기 위해 희생된 어머니를 생각하면 한시라도 걸음을 멈출 수 없는 카미엘이다.

그는 자리에서 벌떡 일어섰다.

"갑시다! 여보, 당신과 아이는 내가 반드시 지켜내겠소!"

"흑흑……."

"울지 마시오. 내 부모님의 부고는 나중에 슬퍼합시다. 지금은 당신과 아이가 무사히 이곳을 나서는 것만 생각합시다."

"네, 서방님."

카미엘은 오늘 자신의 몸이 불에 타 없어져도 좋다고 생각했다. 오로지 처자식만 살아남을 수 있다면 영혼이라도 팔겠노라 다짐했다.

하지만 그의 그런 다짐이 무색하게도 또 한 번의 가혹한 화마가 덮쳐왔다.

밑줄 스스스스스!

빠지지지직!

이번에는 화마에 낙뢰까지 합쳐져 제아무리 몸이 날쌘 무인이라도 어찌할 도리가 없을 것 같았다.

순간, 그의 머리 위로 번개가 떨어져 내렸다.

콰앙!

"끄아아아아악!"

"꺄아아아악!"

카미엘은 그 자리에 쓰러져 몸을 덜덜 떨었고, 아내는 번개에 맞자마자 즉사해 버렸다.

그는 가슴이 찢어지는 고통을 맛보았다.

"흑흑, 여보! 여보!"

"……."

까맣게 타버린 아내의 손을 잡은 카미엘은 떨리는 몸을 그대로 내려놓고 오열했다.

"여보! 흑흑흑, 여보!"

"…그리 슬프십니까?"

순간, 그의 눈동자가 금발의 여인에게로 향했다.

"네놈들, 도대체 뭐 하는 놈들이냐?! 도대체 우리 집안에 무슨 원한이 있기에 이토록 잔악한 짓을 벌인단 말이야?!"

"원한, 원한은 없습니다. 오히려 당신에 대한 내 사랑만이 있을 뿐."

그녀의 곁에는 백금으로 만든 추를 손에 쥔 최면 술사가 자리 잡고 있었다.

최면 술사는 그의 눈동자를 바라보며 천천히 최면을 시도했다.

우우우웅!

하지만 그의 최면은 여타 다른 최면 술사와는 다르게 뭔가 좀 특별한 것이 있는 것 같았다.

"자, 이제 당신은 깊은 잠에 빠져듭니다."

"으으윽……."

카미엘은 깊은 잠에 빠져들었고, 최면 술사가 그녀에게 물었다.

"어떤 기억을 심어드릴까요?"

"다른 기억은 필요 없어. 그녀의 얼굴을 나로 바꾸어줘."

"불을 지른 사람은 어떻게 할까요?"

"…천태다. 불을 지른 사람은 천태인 거야."

"예, 알겠습니다."

최면 술사가 가볍게 주문을 외우자, 그의 눈동자와 머리색이 은색으로 변하였다.

"이제 됐습니다. 머리색이 변했다는 것은 기억의 각인이 완벽히 이뤄졌다는 뜻이지요."

"그래, 그럼 됐어."

그녀는 잠에 빠져 버린 카미엘을 데리고 저택을 나섰다.

＊　　　　＊　　　　＊

늦은 밤, 카미엘의 기타 선율이 울려 퍼지고 있다.

디리리링~

낮고 구슬픈 기타 선율이 울려 퍼지면 퍼질수록 카미엘의
눈동자가 더욱 거세게 흔들렸다.

"……."

그런 카미엘에게 다가온 사람은 다름 아닌 일레이나였다.

"무슨 생각을 그리 하십니까?"

"…내 아내와 아들을 죽인 놈들을 생각하고 있었다."

"……."

일레이나는 과연 그의 기억이 온전히 조작된 것인지 의심이
가기 시작했다.

'도대체 뭐야? 기억이 돌아온 것인가, 아니면 뒤죽박죽 꼬여
버린 것인가?'

대의를 잊지 않은 카미엘의 모습은 늠름하기 그지없었지만,
당장에라도 일이 꼬여 버릴까 가슴이 조마조마한 그녀였다.

카미엘은 그녀에게 넌지시 물었다.

"…내 아내와 아이의 시신이 영국에 있다고 했던가?"

"예, 단주님."

"그래, 알겠네."

그는 계속해서 기타를 연주하였고, 그녀는 넋을 놓은 채 그 모습을 바라보고 있었다.

『도시 무왕 연대기』 13권에 계속…

초대형 24시 만화방

신간 100%, 샤워실, 흡연실, 수면실(침대석), 커플석, 세탁기 완비

▪ 강북 노원역점 ▪

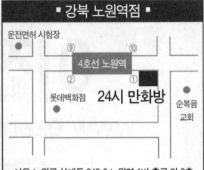

서울 노원구 상계동 340-6 노원역 1번 출구 앞 3층
02) 951-8324 (화용빌딩 3층)

▪ 일산 정발산역점 ▪

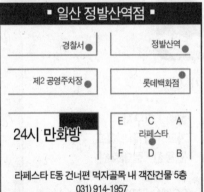

라페스타 E동 건너편 먹자골목 내 객잔건물 5층
031) 914-1957

▪ 일산 화정역점 ▪

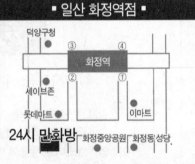

경기도 고양시 덕양구 화정동 984번지 서일빌딩 7층
031) 979-4874 (서일사우나 건물 7층)

▪ 부천 역곡역점 ▪

역곡남부역 기업은행 건물 3층
032) 665-5525

▪ 부평역점 ▪

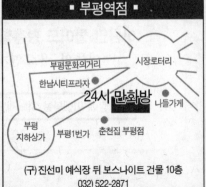

(구) 진선미 예식장 뒤 보스나이트 건물 10층
032) 522-2871

박선우 장편소설
FUSION FANTASTIC STORY

멋진
Wonderful
Life
인생

태어나며 손에 쥔 것이라고는 가난뿐.

그러나 내게는 온몸을 불사를 열정과
목숨처럼 소중한 사랑이 있었다.

『멋진 인생』

모두가 우러러보는 최고의 직장이자 가장 치열한 전쟁터,
천하그룹!

승진에 삶을 바친 야수들의 세계에서 우뚝 서게 되는
박강호의 치열하지만 낭만적인 이야기!

Book Publishing CHUNGEORAM

강준현 장편소설
FUSION FANTASTIC STORY

인생을 바꿔라

『복수의 길』, 『개척자』 강준현 작가의
2016년 신작!

자신이 무엇인지 알지 못하는 정신체, 염.
세상을 떠돌며 사람의 몸속으로 들어가
에너지를 얻고 나오길 반복하던 어느 날.

사고로 인한 하반신 마비, 애인의 이별 선언,
삶에 지쳐 자살하려는 김철의 몸에 들어가게 되는데······.

"뭐, 뭐야! 아직도 못 벗어났단 말이야?"

새로운 삶을 살리라,
정처 없이 떠돌던 그의 인생 개척이 시작된다!

"어떤 삶인지 궁금하다고? 그럼 한번 따라와 봐."

Book Publishing CHUNGEORAM

유행이 아닌 자유추구 -
WWW.chungeoram.com

궁극의 쉐프

가프 장편소설

FUSION FANTASTIC STORY

태초의 우물에서 찾은 사막의 기적.
사람의 식성과 식욕을 색으로 읽어내는 능력은
요리의 차원을 한 단계 드높인다.

『궁극의 쉐프』

요리란!
접시 위에 자신의 모든 것을 담아내는 것.

쉐프란!
그 요리에 자신의 가치를 증명하는 사람.

"요리 하나로 사람의 운명도 좌우할 수 있습니다."

혀를 위한 요리가 아닌, 마음을 돌보는 요리를 꿈꾸는
궁극의 쉐프 손장태의 여정이 시작된다!

철순 장편소설

FUSION FANTASTIC STORY

괴물 포식자

지구 곳곳에 나타난 차원의 균열.
그것은 인류에게 종말을 고하는 신호탄이었다.

『괴물 포식자』

괴물을 먹어치우며 성장한 지구 최강의 사내, 신혁돈.
그는 자신의 힘을 두려워한 인류에 의해
인류의 배신자라는 낙인이 찍히고 죽게 되는데…

[잠식이 100%에 달했습니다.]
[히든 피스! 잠들어 있던 피닉스의 심장이 깨어납니다.]

불사의 괴물, 피닉스의 심장은
신혁돈을 15년 전으로 회귀하게 한다.

먹어라! 그리고 강해져라!
괴물 포식자 신혁돈의 전설이 시작된다!